COLLECTION FOLIO

Tahar Ben Jelloun
*de l'Académie Goncourt*

# Au pays

Gallimard

Tahar Ben Jelloun est né à Fès en 1944. Il s'installe à Paris dès 1971, publie ses poèmes chez Maspero et voit son premier roman, *Harrouda*, édité par Maurice Nadeau aux Éditions Denoël en 1973. Poète et romancier, auteur notamment de *L'enfant de sable* et de sa suite *La nuit sacrée*, qui a obtenu le prix Goncourt en 1987, Tahar Ben Jelloun collabore à plusieurs journaux européens, *Le Monde*, *La Repubblica*, *L'espresso* et *La Vanguardia*.

# 1

Quand Mohamed eut terminé sa prière du soir, il resta assis sur le petit tapis en matière synthétique, les genoux repliés. Il fixait sur le mur en face de lui une horloge en plastique fabriquée en Chine. Il ne regardait pas les aiguilles, mais l'image entourant le cadran : une multitude de gens en blanc tournaient autour de la Kaaba sur fond d'un ciel plein d'oiseaux et d'anges. Il se souvint de son propre pèlerinage. Il en gardait un souvenir mitigé. Autant il avait été ému et heureux durant ses prières, autant il avait souffert de la promiscuité et de la violence de certains pèlerins. Il ne comprenait pas pourquoi ils se bousculaient, pourquoi ils se marchaient les uns sur les autres jusqu'à provoquer des accidents qui se soldaient par plusieurs morts. Il apprit vite que les lieux saints bouleversaient la perception des choses. Les gens n'étaient plus eux-mêmes. Ils ne s'appartenaient plus, entraient facilement en transe, perdaient connaissance appelant ainsi de leurs vœux une mort tant magnifiée par le délire des charlatans. Ils mouraient piétinés par des pieds d'hommes plus forts, des pieds de colosses qui donnaient des coups violents afin de passer sans même se retourner pour voir ce qu'ils avaient déclenché, ils poursuivaient la tête et les yeux levés vers le ciel comme si le ciel leur réclamait cette ferveur barbare. Les plus faibles mouraient, gisaient par terre, couverts de poussière et de sang ; aucun regard ne se posait sur eux pour une dernière prière. Ces scènes étaient inévitables en ces lieux investis en quelques jours par plus de deux millions de croyants venus laver leurs péchés avant de repartir chez eux satisfaits et remplis des vertus émanant de leur foi. Ce n'était pas beau à voir. Mohamed avait toujours eu peur de la foule. Quand elle est fanatisée elle devient dangereuse. Il vaut mieux l'éviter, ne pas se retrouver face à elle ou entraîné par elle. À l'usine il faisait grève comme ses compagnons mais ne défilait pas dans les rues, une pancarte à la main.

Mohamed rêvait d'un pèlerinage en solitaire, juste avec quelques gens de sa tribu, au moment du printemps. Redoutant les situations de violence, il avait peur de mourir à La Mecque, il devait être le seul à le penser mais il ne le disait pas. Il avait peur de mourir piétiné par des pieds fanatiques. Il se tenait à l'écart et les observait. À quoi ressemble un pied fanatique ? Il est sale, parfois nu, d'autres fois portant une babouche déchirée. Il avait rencontré des porteurs de babouches en mauvais état. Ils n'étaient pas de son pays, parlaient un dialecte arabe dont il ne comprenait pas un mot. Mais d'où venaient-ils ? Pour lui un musulman est arabe ou berbère. Il avait du mal à considérer les autres pèlerins comme des musulmans. Il les appelait les Africains, les Chinois et puis les Turcs. Tous les pèlerins avaient les yeux habités par le feu, la flamme de la foi, la passion de l'islam. Il se demandait pourquoi ses yeux étaient sereins, calmes. C'était son tempérament. Il avait longtemps espéré faire ce voyage ; il en avait rêvé, peut-être un peu trop simplement parce qu'il n'avait pas de grandes choses à réaliser ; il pensait à l'avenir de ses enfants, mais là, il avait mal, il devenait mélancolique, triste et désemparé. Alors il faisait ses prières et ses rites avec un calme étrange. Un matin, en sortant de la Grande Mosquée, il ne retrouva pas ses babouches toutes neuves faites par un artisan de Fès. Il fut étonné d'être volé par un autre pèlerin. Il ne comprenait pas ça et ne l'admettait pas. Mais sa colère fut vite apaisée quand un compagnon de chambre lui raconta que tous les jours des bandes attaquaient des pèlerins et leur volaient tout leur argent. Il ajouta : quand on en attrape un, on lui coupe la main, d'ailleurs ce midi, au moment de la prière, quelques mains seront coupées en public, tu es invité au spectacle ! La semaine dernière on a fouetté un Yéménite pour avoir manqué de respect au fils d'un prince, l'année dernière ils ont condamné à mort un chrétien, je crois qu'il était italien, parce qu'on l'a surpris avec la fille d'une grande famille séoudienne, une musulmane ne devant pas fréquenter, je veux dire voir en cachette, un non-musulman et encore moins se marier avec lui, ici on ne rigole pas, ils ont leurs lois, ils disent que c'est dans le Coran et puis ils y vont ! On ne discute pas, on n'a aucun droit, nous, nous venons nous recueillir sur la tombe de notre prophète bien-aimé, nous prions, nous faisons notre rituel puis nous rentrons chez nous si toutefois on ne meurt pas piétinés ou avec une main en moins, car ils peuvent se tromper et t'accuser de vol, puis ni une ni deux, t'as plus de main, c'est ce qu'on appelle la justice expéditive, pas le temps de réfléchir, de toute façon ici, il est vivement déconseillé de penser, ici on se donne à Dieu, on n'hésite pas, on ne doute pas, on est à Dieu et Dieu fait de nous ce qu'il veut, tu comprends mon ami ? Mohamed trouvait que couper une main pour le vol d'une babouche était exagéré et même barbare. Il regarda longuement ses mains ouvertes et se dit : sans elles, je n'aurais été rien, pas même un mendiant. Qu'Allah nous préserve du mal et du malheur ! Un mendiant lui tendit son moignon. Mohamed prit un billet et le mit dans sa poche. Il aurait aimé parler avec lui, connaître son histoire. Peut-être qu'il a perdu la main dans un accident ou bien qu'il a été victime d'une erreur. Le mendiant avait disparu.

Quand il lui arrivait de raconter son pèlerinage à des compatriotes, il se faisait mal voir. Tout en sirotant une bière bien fraîche, Bachir qui avait son point de vue sur tout lui fit la leçon : un musulman ne doit pas critiquer ce qui se passe durant le pèlerinage. Il faut laisser cela aux ennemis de l'islam, à ceux qui veulent nous voir toujours sous-développés, toujours en guenilles, sales et inhumains. Maintenant, ils ont réussi à coller l'étiquette terroriste à tout musulman. C'est simple, nous sommes voués à stagner ou bien à revenir en arrière, alors la critique, il faut l'oublier, même si c'est vrai ce que tu racontes, sinon, on ne va plus t'appeler Hadj !

Mohamed osa dire de sa voix douce : mais si on ne se critique pas, on n'avancera jamais. Tant pis, je me tais et je vous souhaite bon voyage, bon pèlerinage, moi, si j'y retourne, ce sera en dehors de la période officielle, je me contenterai de la Omra, le petit pèlerinage. Puis il nous faut apprendre la tolérance, tu vois, par exemple, tu bois et je ne dis rien, c'est ton affaire, je ne te fais pas la morale, alors cesse de critiquer ceux qui ont le courage de se critiquer !

Une grosse mouche bourdonnante le sortit de ses souvenirs. Une mouche aveugle, elle se cognait tout le temps contre le mur. Il aurait aimé la sauver mais il n'en avait pas la force. Elle tournait dans cette pièce comme si, elle aussi, y était prisonnière. Il pencha la tête comme pour répondre à un appel. Il avait l'air d'écouter une voix, une sorte de murmure s'échappant d'une faille dans le mur, une déchirure que le papier peint des années soixante ne colmatait plus. L'immeuble était dans un tel état de délabrement que la municipalité ainsi que la société HLM l'avaient rayé de leur liste. Il y avait trop de travaux à faire, surtout depuis l'arrivée massive et désordonnée de nouveaux immigrés africains. Le mélange Maghrébins-Africains ne se passait pas bien. Les insultes racistes fusaient des deux côtés, suivies de bagarres entre adolescents des deux clans. Mohamed ne savait plus si le racisme était suscité par la couleur de la peau ou par l'extrême pauvreté. Puis il se souvint de son vieil oncle qui faisait du commerce avec l'Afrique et qui avait ramené une femme sénégalaise que tout le village considérait comme une esclave, une moins que rien. Il était alors enfant, mais la scène l'obsédait encore : la femme africaine, ne parlant ni berbère ni arabe, fut renvoyée du village en l'absence de l'oncle reparti travailler à l'étranger. Tout le village s'était ligué contre elle parce qu'elle était noire, parce qu'on ne comprenait pas ce qu'elle disait. Elle s'était enfuie à pied et plus personne n'eut de ses nouvelles. Cette femme dont on ne parlait jamais continuait de rôder dans les souvenirs d'enfance de Mohamed. Il se demandait où elle était à présent. Était-elle morte ? Était-elle retournée chez elle ? Il n'en savait rien et il finit par penser que cette femme était éternelle et que jamais elle ne mourrait. Le racisme lui faisait horreur et, du fait de ce souvenir particulier, il était convaincu que la couleur de la peau et la pauvreté se conjuguaient facilement pour rejeter un être humain dont le seul tort était de ne pas être riche avec une peau claire. Pour lui c'était évident. La première fois qu'il entendit le mot « bougnoule », c'était dans un train où un contrôleur engueulait un vieil Algérien qui n'arrivait pas à retrouver son billet. Il ne savait pas ce que cela voulait dire mais comprit que c'était une insulte, quelque chose de pas gentil. L'Algérien se leva et se mit à retirer ses habits comme si on lui avait demandé de se laisser fouiller. Le contrôleur lui dit ça va, ça va, un bougnoule ne comprend jamais rien.

Mohamed aurait tant aimé quitter cette habitation, mais cela lui aurait posé d'autres problèmes et l'aurait éloigné de ses enfants. Il supportait cet enfer quotidien et veillait à ce que sa progéniture ne succombe pas au racisme. Il disait à ses enfants : il faut comprendre, ce sont des gens très différents de nous, ils sont plus pauvres que nous, ils sont plus nombreux, mais ils ne sont pas mauvais, alors soyez tolérants. Mais la pauvreté, l'insécurité et la promiscuité ne laissaient pas de place au dialogue et à la tolérance. Les gens étaient à bout et ne contrôlaient plus rien.

Plus aucune famille française n'habitait dans cet immeuble. Ceux qui le pouvaient avaient pris la fuite et la police les avait laissés faire sans jamais intervenir. Mohamed avait toujours rêvé d'une maison, une belle et grande maison où toute la famille serait réunie dans la paix, le bonheur et le respect. Une maison entourée d'arbres et de jardins, pleine de lumière et de couleurs, une maison ouverte, paisible, où non seulement on se sent bien mais où les problèmes, les difficultés, les conflits se trouveraient comme par magie résolus. Ce serait un morceau de paradis où l'on entendrait le bruit de l'eau et le bruissement des arbres. Un rêve entêté mais il sait qu'il le réalisera un jour. Il n'en parlait à personne, pas même à son épouse qui l'aurait pris pour un fou gentil, un doux rêveur n'ayant pas de contact avec la réalité. Il gardait pour lui ses rêves et ses pensées. Il ne parlait pas beaucoup. À table, il se plaignait de la hausse des prix, sa paye ne lui suffisait plus. Avant, il y a longtemps, je faisais des économies, aujourd'hui tout part si vite ; je ne comprends pas. Puis il se taisait.

Seul, il bredouilla encore quelques courts versets du Coran, puis sentit que quelque chose le retenait. Impossible de se lever. Il se sentait lourd comme s'il portait un poids sur le dos. Il essaya de bouger, il ne parvint pas à allonger ses jambes. Il baissa la tête et là, il se sentit pris d'une légère somnolence. La mouche se tua toute seule, noyée dans un verre de thé. Il pensa qu'elle était idiote. Le mur lui parlait. Sa tête se pencha de nouveau vers l'avant, la même voix s'adressait à lui dans son dialecte. Ses membres se relâchèrent. Il ouvrit le Coran et fit semblant de s'y plonger. Il aimait la compagnie de ce livre même s'il ne savait pas lire. Il aimait sa calligraphie, sa reliure en similicuir vert et toute l'importance de son existence. Ce fut l'unique livre qu'il emporta avec lui le jour de son départ du Maroc. Il était enveloppé dans un tissu blanc, une partie du linceul dans lequel fut enseveli son père. Ce livre était tout pour lui, sa culture, son identité, son passeport, sa fierté, son secret. Il l'ouvrait délicatement, le serrait contre son cœur, le portait à ses lèvres et l'embrassait avec pudeur. Il disait que tout était là. Ceux qui savent le lire y trouvent toute la philosophie du monde, toutes les explications du monde. Non seulement il en était sincèrement persuadé, mais un *alem*, un savant, imam de la mosquée des Yvelines, le lui avait fermement confirmé : Allah a créé l'Univers, Il a envoyé ses messagers pour parler aux hommes et aux femmes ;

Il sait ce que chacun de nous pense, Il sait même ce que nous ignorons, ce qui est enfoui en nous, alors, tu comprends, le Coran c'est la clé de l'Univers. Ce n'est pas par hasard que de plus en plus de peuples embrassent l'islam, nous sommes de plus en plus nombreux et c'est ça qui fait peur à l'Amérique et à ses amis, tu comprends, nous avons un trésor, et ça les dérange, ils veulent voir les musulmans empêtrés dans la misère ou bien avec une bombe autour de la taille, pour eux c'est ça l'islam, la misère ou la bombe ! Ils sont jaloux du succès planétaire de notre religion ! T'as vu ce salopard qui a dessiné notre Prophète, que le salut de Dieu soit sur lui, avec un turban fourré de bombes ! T'as vu ça ? Mais ils nous provoquent, ils veulent nous humilier, nous ridiculiser, mais Dieu les attend, ils viendront à Lui en rampant pour implorer son pardon, pour espérer ne pas être jetés en enfer pour l'éternité, Dieu est Grand et sa parole est la seule vérité ! Il aurait aimé lui répondre mais il n'en avait pas le courage, lui dire, par exemple, que ce sont des imbéciles comme lui qui font l'éloge du djihad, parlant de paradis et de martyre, ce sont des arriérés comme lui qui envoient à la mort des jeunes qui ne savent où s'accrocher, des menteurs, des hypocrites qui poussent ces jeunes dans les bras de la mort en leur disant : vous serez de vrais martyrs aussi vrais et bons que ceux à l'époque du Prophète, vous serez enterrés avec vos habits imbibés du sang du sacrifice, pas de linceul, pas de mort banale, vous irez directement chez Dieu qui vous attend au paradis ! Faites vos ablutions auparavant, car il vaut mieux entrer dans la maison de Dieu propres, prêts à la prière éternelle... Il avait entendu parler de cette histoire de caricatures, mais il n'y avait pas prêté attention. Pour lui, le Prophète est un esprit, pas un visage qu'on peut dessiner. Il en était profondément persuadé. Cela tombait sous le sens. Comme d'habitude, il garda ses pensées pour lui. Rien de précis ne se lisait sur son visage si ce n'est une immense tristesse, une sorte de résignation maléfique contre laquelle il ne pouvait rien. Il aurait aimé s'égarer dans la lecture, discuter des interprétations du Coran, mais il se savait condamné à cette ignorance qui lui collait à la peau depuis l'enfance. Son bonheur, c'était de voir ses enfants faire leurs devoirs sur la table à manger juste avant le dîner. Il les regardait avec amour, avec un brin d'envie. Il adorait les accompagner au supermarché pour acheter les fournitures scolaires et les livres de la rentrée. Il ne manquait jamais ce rendez-vous annuel où les enfants étaient excités. Il prenait un jour de congé pour satisfaire toutes leurs demandes. À la maison, il les aidait à couvrir les cahiers et les livres. Il leur avait installé des étagères pour déposer les livres. Il les rangeait souvent, nettoyait la poussière.

Il ne savait pas lire le Coran, mais il savait qu'Allah dénonce les hypocrites et les assassins. Il l'avait appris par cœur comme tous les enfants du bled. Il le récitait machinalement, se trompait parfois, demandait pardon à Dieu, puis reprenait le début de la sourate et ne s'arrêtait qu'à la fin de celle-ci, il ne fallait pas hésiter ou être interrompu, sinon il perdait le fil.

Seul l'imam des Yvelines avait la capacité de citer un verset et de le commenter. Il connaissait le livre par cœur et disait l'avoir étudié au Caire, à la grande université d'al-Azhar. Peut-être était-ce vrai, personne n'avait les moyens de le contredire. Cet imam était tombé du ciel, personne ne l'avait vu arriver. Il s'était entouré d'une cour de jeunes délinquants décidés à reprendre le droit chemin. Il les appelait mes enfants. Il avait une grosse voiture, portait de belles tenues blanches, se parfumait avec l'essence du bois de santal et habitait en dehors du quartier infernal. La rumeur lui attribuait deux épouses et une dizaine d'enfants. Il devait recevoir de l'argent des pays riches. Il s'adressait aux gens en arabe classique et parfois en français qu'il maltraitait. Les Marocains se regardaient et se demandaient : mais pour qui nous prend-il ? D'où vient-il ? Qui le paye ?

Ils le soupçonnaient d'être un Égyptien au service des Séoudiens. Les Marocains se méfiaient des gens des pays du Golfe. Pendant des années, ils étaient venus au Maroc, surtout à Tanger, pour s'enfermer dans des hôtels et se faire livrer des filles et des caisses d'alcool. Mohamed en avait souvent entendu parler. Il ne les avait jamais vus, mais beaucoup de choses désagréables étaient dites sur ces gens en blanc qui se livraient au vice dans le pays. Des rumeurs parfois insolites et drôles circulaient à propos de ces soirées d'orgie. On racontait qu'un ministre aurait prêté sa jolie femme à un puissant émir du Koweït ou de Dubai et que la femme serait rentrée à la maison avec un sein en moins. Le gars lui aurait mordu puis mangé le sein. Personne, bien sûr, n'avait vu cette femme amputée d'un sein ; personne n'avait eu la preuve de quoi que ce soit, mais comme on dit « pas de fumée... ». Un Koweïtien anthropophage ! Ainsi les gens du Golfe étaient-ils perçus par l'imaginaire populaire. Des gens qui tètent les seins de belles femmes et parfois vont au-delà... On racontait une autre histoire incroyable dans les cafés : pour entrer dans un hammam, le cousin du chauffeur d'un émir s'était déguisé en femme ; découvert, il avait été battu par des dames qui lui avaient versé des seaux d'eau brûlante sur les parties génitales. L'homme était sorti de là en hurlant, ses couilles en piteux état. Mais on racontait tant et tant d'histoires sur ces gens que la diplomatie avait fini par intervenir pour mettre fin à ces mauvaises blagues.

À force de fixer le mur, Mohamed eut l'impression qu'il s'en approchait ou plutôt que le mur avançait dans sa direction. Il se sentit prisonnier de cette petite pièce où les enfants n'entraient jamais. Il crut comprendre que la voix lui parlait de sa retraite. Le mot retraite tournait en l'air comme la grosse mouche de tout à l'heure. Son esprit était ailleurs, à La Mecque ou dans la mosquée de son enfance. Il l'avait ramené au village au temps blême d'une étrange solitude, le boucher qui faisait fonction de coiffeur lui avait rasé la tête à cause des poux, de la gale et d'autres maladies, tous les enfants s'étaient fait raser le crâne. Il passait la main sur le sien et rencontrait une sorte de furoncle mal soigné. Ce temps-là avait l'odeur du fly-tox et de la poudre contre les poux ; une odeur suffocante. Il avait aussi le goût du miel pur et de l'huile d'argan. Il se souvenait bien de ces repas après avoir sorti le bétail. Sa cousine lui apportait un plateau, thé à la menthe très sucré, crêpes, huile et miel et de temps en temps un peu d'amlou, sorte de purée d'amandes mélangée avec de l'huile d'argan et quelques épices. C'était le matin frais et silencieux. Sa cousine deviendrait sa femme tout naturellement. Ils ne se parlaient presque pas. Ils se regardaient, elle baissait les yeux puis disparaissait. Un jour ce fut son petit frère qui lui apporta à manger. Il comprit que le temps de la demande en mariage était arrivé. Elle était très jeune, à peine quinze ans, et pourtant l'été suivant ils se mariaient. Des souvenirs doux, pleins de tendresse, de pudeur et de paix. Il y avait ces silences qui duraient des matinées entières. Il les aimait, se laissait aller vers des rêveries. Pour la fête du mariage, le meilleur chanteur de la région s'était déplacé avec ses cheikhats et ses musiciens. Ils avaient chanté et dansé jusqu'à l'aube. Les cheikhats étaient vulgaires, professionnelles, efficaces, puaient le clou de girofle. Mohamed fut nommé prince. Il emmena sa femme dans la maison de ses parents qui, pudiquement, s'étaient absentés. Il fallait les laisser seuls. De nouveau le silence tombait comme une nuit courte sur les jeunes mariés. Ils ne se disaient pas un mot. C'était la tradition. Il fit sa prière puis éteignit la bougie. Tout se passa dans l'obscurité. Il était très intimidé et surtout sans expérience. Pour lui comme pour elle c'était évidemment la première fois. Il se laissa guider par son instinct et le sang fit un joli dessin dans le drap. L'honneur était sauf. La fête dura quelques jours puis la routine reprit son cours au village.

Mohamed pensait déjà à partir pour rejoindre son oncle émigré dans le nord de la France. Il lui fallait un passeport, ce petit carnet vert frappé en son milieu de l'étoile marocaine. C'était l'époque où l'on ne délivrait ce document qu'aux familles citadines aisées. De temps en temps, le caïd recevait des ordres de Rabat : besoin de cent quatre hommes robustes, en bonne santé, pour la France. Il arrivait au village dans une jeep de la gendarmerie. On le voyait de loin à cause de la poussière que soulevait le véhicule. Le caïd se prenait très au sérieux, se faisait servir à boire et à manger, puis demandait aux hommes de passer devant lui. Il imitait en tout ce que faisaient les Français à l'époque coloniale. Il savait à peine lire, ce qui ne l'empêchait pas d'avoir sous la main un dossier qu'il feuilletait de temps en temps. França vous attend, ne nous faites pas honte, soyez des hommes, des soldats, des dignes représentants de notre pays ! La jeep repartait laissant derrière elle son nuage de poussière ocre et quelques épouses en larmes.

# 2

La voix était insistante, elle lui parlait à présent en français. Une langue qu'il avait fini par comprendre mais qu'il n'utilisait pas. C'était seulement à cause de ses enfants qu'il en connaissait quelques mots, car ils ne s'adressaient à lui qu'en français, ce qui le rendait bien malheureux. Il leur avait pourtant inculqué quelques éléments de berbère, mais rien à faire, ils persistaient à utiliser le français et se moquaient de lui quand il faisait des fautes de prononciation.

Et maintenant c'était au tour de la voix inconnue de lui parler dans cette langue, de répéter un mot qu'il connaissait bien mais dont il ne voulait pas discuter. C'était cela, ce mot qu'il ne voulait pas entendre, ce mot sonnant comme une sentence, ce mot annonçant cette date fatidique qu'il voulait renvoyer à plus tard, le plus tard possible. Ce n'était pas la mort, c'était quelque chose qui s'en approchait. Rien à voir avec La Mecque. Il avait tant redouté ce jour, cet instant. Il ne s'agissait pas d'un voyage, d'une villégiature, d'une longue et belle promenade à Médine, en dehors de l'époque du pèlerinage officiel, non, la voix lui signifiait quelque chose de précis, de définitif, d'irréversible. Arrêter de travailler, rompre un rythme acquis depuis une quarantaine d'années, changer ses habitudes, ne plus se lever à cinq heures du matin, ne plus passer sa blouse grise, s'adapter à une nouvelle vie, changer de peau, de mentalité, faire mal à ses vieilles habitudes qui lui servaient de béquilles, qui lui donnaient ses repères, arrêter de travailler c'est apprendre à s'ennuyer gentiment, apprendre à ne rien faire sans tomber dans la tristesse. Le travail ne le rendait peut-être pas heureux mais l'occupait, l'empêchait de penser. Peur de devoir escalader des montagnes, des pyramides de pierres, peur de tomber dans le ravin de l'absurde, peur de devoir affronter chacun de ses enfants sur lesquels il n'avait plus aucune autorité, peur d'accepter une vie dont il ne maîtrisait plus grand-chose. Il était dans la routine, cette longue ligne droite que rien ne venait détourner ou brouiller. Il s'y était fait et ne voulait pas changer, ne voulait pas autre chose. Tout lui paraissait difficile, compliqué, et il savait qu'il n'était pas préparé aux conflits, au combat. Il ne s'était jamais battu, même enfant il se tenait à l'écart, regardait les autres se bagarrer puis s'éclipsait en se demandant pourquoi tant de violence dans ce lieu si éloigné de la ville et oublié de Dieu. Travailler l'éloignait de ce genre de pensées. La nuit, il comptait sur la fatigue de ses muscles pour dormir vite et éviter la fameuse montagne qui ne cessait de grandir. Parfois elle venait à lui accompagnée de coups de tonnerre, se déversait sur son dos et l'enterrait. Il voyait des pierres lourdes s'accumuler sur son corps, l'empêchant de respirer et lui, incapable de se mouvoir, de se défendre. Il n'avait pas mal, il était juste gêné, encombré. La montagne se retirait et le laissait pour mort, puis il se réveillait, buvait un grand verre d'eau et attendait le lever du jour assis dans la cuisine. Pour s'occuper, il lui arrivait de nettoyer le sol qui était propre, du plastique sur lequel était dessiné un parquet, il l'astiquait avec un chiffon mouillé, mettait de l'ordre dans la petite réserve des provisions, ouvrait le réfrigérateur et notait mentalement ce qui manquait, il se préparait un thé et fixait le ciel en attendant l'apparition de la première lueur du jour. Il ne pensait pas que le couperet tomberait si vite et si brutalement. Il était assommé, un peu perdu. La mélancolie était déjà là, car il ne pouvait pas échapper à la retraite ou plutôt *lentraite* comme il l'appelait. Ses enfants avaient beau le corriger, il continuait à dire « lentraite » au lieu de retraite ou même pension. C'était l'ennemi invisible, l'ennemi ambigu, car si pour les uns elle était synonyme de liberté, pour lui elle était synonyme de fin de vie. Ni plus ni moins. Fin de tout. Fin de son train-train, fin de ses congés payés qu'il passait tous les ans dans le bled, des congés bien mérités. Il était en paix avec sa conscience d'avoir bien travaillé et gagné sa vie lui qui détestait l'argent facile, la triche et les fraudeurs, qui avait en horreur les combines et les magouilles. Il observait autour de lui comment vivaient les enfants de certains de ses compagnons. Il connaissait l'expression « tombé du camion » qu'on utilisait pour ne pas dire recel ou vol. Il avait même pour cette raison interdit à ses enfants d'acheter quoi que ce soit «tombé du camion». Le premier jour de juillet, il remplissait la voiture de valises et de cadeaux et prenait la route d'une traite, comme un oiseau migrateur s'acharnant à rejoindre les autres. Il roulait sans faire de vitesse, s'arrêtait peu et n'était heureux qu'une fois arrivé au village qui se trouvait à deux mille huit cent quatre-vingt-deux kilomètres des Yvelines. Les enfants et leur mère dormaient. Lui, seul, traçait avec une régularité impeccable. Il lui arrivait de faire la route avec une autre famille. Les voitures se suivaient mais au fond il préférait faire le voyage en étant seul maître à bord. Il roulait avec une seule pensée en tête : retrouver sa maison dans le village, arriver au bon moment pour distribuer les cadeaux, se rendre le lendemain sur la tombe de ses parents, aller au hammam, se faire masser par Massoud et manger les crêpes de sa vieille tante. Il roulait et visualisait tout cela avec des images en couleurs, pleines de lumière. Il souriait pendant que sa femme dormait sur le siège à côté.

À l'usine, il avait ses habitudes. Il arrivait toujours à l'heure. Jamais de retard ni d'absence. Même malade, sauf vaincu par la grippe, il tenait à être là, à travailler. Il apportait son repas, mangeait vite, s'asseyait sur un banc et fermait les yeux. Ses camarades se moquaient de lui. Il leur répondait qu'il avait besoin de ce moment où il s'assoupissait. C'était un rituel qui ne durait pas plus de dix minutes. Il était réglé comme une horloge de précision. Jamais en faute, jamais en colère. Il était un ouvrier modèle. En fait il avait peur de rater son travail, d'être réprimandé, il n'aurait pas supporté. Au début il travaillait dans le secteur des assemblages des pièces d'automobiles, ensuite il passa à la peinture, c'était moins fatigant mais plus dangereux. Il travaillait avec un masque sur le visage. Sa santé n'en avait pas souffert. Il ne fumait pas, n'avait jamais bu une goutte d'alcool. C'était un corps sain que l'excès de thé à la menthe trop sucré allait endommager par un début de diabète.

La retraite ! Non, pas pour lui et surtout pas maintenant ! C'était quoi cette histoire ? Qui l'avait inventée ? C'était comme si on lui signifiait qu'il était malade et qu'il ne pouvait plus être rentable pour la société. Une maladie incurable, une disponibilité pour un immense ennui. C'était cela, une malédiction, même s'il savait que d'autres ouvriers l'attendaient avec impatience. Lui, il ne l'avait jamais attendue et encore moins espérée. Il n'y pensait pas. Il voyait ses copains s'en aller et il apprenait ensuite que la mort les avait emportés. La retraite c'était le début de la mort, le bout du tunnel où la mort se cachait. C'était un piège, une trappe, une invention diabolique. Il n'en voyait pas la nécessité ni les aspects positifs notamment sur sa santé. Non, il était convaincu que *lentraite* avait le visage maquillé de la mort, une sorte de perpétuité dont la fin ne pouvait être que la mort. Il pensait aux enfants et n'arrivait pas à les visualiser, à les situer dans son imagination. Alors ce fut le souvenir de Brahim qui surgit comme une flamme dans le noir. Brahim, mort cinq mois après s'être arrêté de travailler. Il n'était pas malade, mais *lentraite* l'avait tué. Oui, la retraite, la fin de tout, l'inutilité absolue, le rien, le silence l'avaient condamné à mourir à soixante ans et quelques mois. C'était la sentence. Condamné à la retraite, condamné à mourir d'ennui et de solitude. Il était utile. Quand la grippe le clouait au lit, quand il était dans l'incapacité physique de se tenir debout, il savait que la chaîne allait ce jour-là être moins performante, moins rentable. Une fois, sa voiture tomba en panne, quand il ouvrit le capot pour déceler la cause de l'incident, il se dit : c'est l'auto de la grippe ! Parce qu'il n'était pas là ce jour-là, des boulons, des pièces avaient été mal serrés, pas assez ajustés. Il était si rigoureux, si méticuleux dans son travail qu'il s'imaginait que la société, en le mettant à la retraite, allait faire faillite. Cette utilité était essentielle pour lui, au point de se demander ce que deviendrait l'usine sans des ouvriers comme Brahim, comme Habib, parti du jour au lendemain parce qu'il avait gagné au Loto 752 302 francs, comment la chaîne continuerait-elle sans lui, lui qui était trop consciencieux, trop exigeant ? Mohamed se rappela que Brahim n'avait qu'une fille qui avait épousé un Sénégalais et avait abandonné sa famille. Cette histoire avait fait le tour des familles maghrébines des Yvelines et au-delà. Il a donné sa fille à un Noir ! Un Noir lui a enlevé sa fille unique ! Kader-la-mauvaise-langue avait trouvé là un bon sujet pour exprimer sa haine pour les Africains : les Noirs et les Arabes ne se mélangent pas ! Les Berbères et les Noirs ne sont pas faits pour s'épouser ! Nous ne sommes pas racistes, mais la tribu doit rester la tribu ! Nos filles doivent rester dans la tribu, à la limite s'il était algérien ou tunisien, on jaserait moins ! Chez nous au Maroc, les Noirs, on les appelle les *abid*, les « esclaves », et on ne se mélange pas ! Cette fille doit être une vicieuse, tu vois ce que je veux dire ? On n'est pas racistes, mais chacun chez soi ! Moi, je n'ai rien contre les Africains, je les trouve même sympathiques, mais ce que je ne supporte pas, c'est leur odeur, oui, nous avons tous une odeur, eh bien, moi, je suis allergique à l'odeur des gens d'Afrique, je n'y peux rien, je ne suis pas raciste, d'ailleurs eux non plus ne doivent pas supporter notre odeur ! Brahim aurait dû sévir, il n'y a pas de raison que sa fille lui désobéisse ! Mais tu sais bien que nous n'avons plus d'autorité sur nos enfants, pour un oui ou pour un non, pour une petite gifle, une petite tape sur l'épaule, ils appellent la police ; LA France nous empêche d'éduquer nos enfants, LA France leur donne trop de droits et après c'est nous qui sommes dans la merde, LA France, la Belgique, la Hollande, tous ces pays qui ne savent plus ce qu'est l'autorité, oui, mon frère, les enfants ici c'est pas les enfants de là-bas, ici tu peux pas lever la main ou punir parce qu'il rentre tard et qu'il ne fait pas ses devoirs, ici, c'est le bordel ! Le pauvre Brahim, depuis cette histoire, il ne dort plus, sa femme l'a quitté, il est l'ombre de lui-même, victime de sa fille partie faire des enfants avec un Noir qui dit travailler dans la banque, il est vigile à l'entrée de la banque, voilà la vérité, non seulement ils sentent mauvais, mais ils mentent !

Nous en Algérie, on n'a pas de Noirs, vous autres Marocains et Tunisiens, vous en avez plein, surtout dans les provinces du Sud, alors si la fille de Brahim s'envoie en l'air avec un négro c'est parce que, dans vos pays, d'autres femmes font de même ! Tu cherches la bagarre, tous les Algériens sont agressifs, ils sont violents et n'aiment pas les autres pays du Maghreb, c'est bien connu, alors si Brahim a donné sa fille à un Africain, ça prouve qu'on n'est pas racistes, nous !

En se souvenant de cet épisode, Mohamed fut obligé de reconnaître que, si les Maghrébins étaient souvent victimes de racisme en Europe, les Africains étaient à leur tour méprisés par les Maghrébins, que ce soit en France ou dans leurs pays. Le racisme est partout ! pensa-t-il. Comment aurait-il réagi, lui, si une de ses filles s'était mariée avec un Africain ? Il avait du mal à imaginer une chose pareille, puis il arrangea les choses en pensant à Moha Touré, l'ouvrier malien, son voisin sur la chaîne. Il connaissait bien sa famille et était impressionné par l'éducation qu'il avait réussi à donner à ses enfants et il se dit : je préfère que ma fille épouse un des fils de Moha plutôt qu'un fils de chrétien qui n'a même pas été circoncis. Moha était musulman pratiquant, tolérant et surtout attentif à donner de l'islam une bonne image. Il faisait la leçon à ses enfants, leur apprenait la politesse, la tolérance et le respect. Il avait de la chance parce qu'ils lui obéissaient. Ceux de Mohamed n'en faisaient qu'à leur tête. Il n'y pouvait rien.

# 3

Mohamed pensa à ses cinq enfants ; eux, c'est sûr, ils ne le laisseraient pas tomber, ils ne l'abandonneraient pas, ils l'empêcheraient de sombrer dans la tristesse, ils s'occuperaient de lui, lui feraient la fête, lui offriraient des cadeaux, le feraient repartir à La Mecque. Non, ses enfants étaient sa fierté et sa digue contre la solitude. Ils le respectaient même s'ils lui parlaient rarement. Lui non plus ne leur parlait pas beaucoup ; ils avaient très peu de sujets de discussion ; quand surgissait un problème, ils s'adressaient à leur mère qui en reparlait ensuite avec lui. Question d'habitude et de tradition.

Leur père, ils l'avaient peu vu. Il partait à l'usine quand ils dormaient et revenait l'après-midi et s'enfermait pour se reposer. Il leur faisait des compliments quand ils avaient eu de bonnes notes au lycée. Il les regardait tendrement et leur faisait un grand sourire. Le dimanche, il voyait ses copains à la mosquée puis au café Hassan, là où on ne servait pas d'alcool. Ce lieu était d'une tristesse pesante. Que des hommes, dont certains jouaient aux dominos, la télévision marocaine allumée en permanence, on y parlait du prix des terrains à Agadir et à Marrakech, on regardait les séances au Parlement et on se moquait de ces hommes en djellaba blanche. On faisait des projets de retour, on évoquait le problème le plus difficile, celui de l'avenir des enfants. Alors, tout ça pour nous retrouver sans nos enfants ! Non, c'est pas tout à fait ça, disons que nos enfants sont plus modernes que nous, ils ont découvert la vie moderne et l'ont aimée, quand tu les amènes au bled, ils trouvent tout arriéré, ils n'aiment pas, au début ils sont contents puis ils s'ennuient, ce sont des touristes, des touristes dans leur propre pays, mais des touristes qui ne sont même pas curieux, ils sont gênés et ne comprennent pas pourquoi nous aimons le bled ; ils se plaignent de la poussière, des mouches, des chats faméliques et des vieilles personnes qui ne font rien. Les paysages leur paraissent étranges, ils s'attendent à voir surgir un héros de *La Guerre des étoiles* une épée laser entre les mains. Ils attendent que quelque chose se passe. Rien, absolument rien n'arrive. Seuls les pierres, les figuiers de Barbarie et des chiens errants dans une chaleur suffocante. Le bled c'est ça : de l'ennui pesant des tonnes.

Difficile de parler à nos enfants de nos racines, ils ne savent pas ce que ça représente pour nous ! Mais erreur, mon frère, ce n'est pas leur pays, je t'explique, c'est ton pays, toi tu y es attaché, eux le regardent avec des yeux d'étrangers, la plupart ne parlent même pas la langue, alors, il faut dire la vérité ! C'est notre faute, on ne leur a pas appris l'arabe ou le berbère !

Moi, je ne rentre pas, c'est décidé, quand j'aurai ma *lentraite*, je m'installe ici, j'ouvre un petit café et j'attends qu'ils me donnent des petits-enfants ! Moi, j'ai vendu la maison d'Agadir, un bon prix, ce sont des retraités français qui l'ont achetée, ils vont finir leur vie là-bas, au soleil, c'est le monde à l'envers, je crois que nous n'avons pas le choix, nous n'avons que l'embarras, comme dit le proverbe ! Regardez les Françaouis, ils font des enfants, puis ils les laissent se démerder tout seuls, chacun vit sa vie ! Oui, tu as raison, ils se démerdent, puis un jour il fait très chaud, très très chaud, c'est la *kanakul*, et puis ils crèvent, seuls, quinze mille petits vieux sont morts à cause de la chaleur, tu te rends compte, seuls, personne pour leur donner un verre d'eau, les enfants où étaient-ils, ils étaient en vacances, tiens beaucoup étaient à Agadir à cause de la mer et du soleil, et leurs parents ils mouraient seuls comme des animaux oubliés sur le bord de la route, moi, mon fils me fait ça, je le… tue, non, je ne le reconnais plus, mais nos enfants sont bénis et ils ne nous laisseraient pas crever comme des chiens ! Tu as raison, au Maroc, on n'a pas de maisons pour les vieux ; on n'est pas modernes mais on a de bonnes choses quand même ! Tu sais que les enfants des morts de chaleur, ils ne sont pas tous venus pour les enterrer, y en a qui ont attendu que LA France les enterre pour se faire connaître ! Pourquoi ? Je ne comprends pas ! Simplement pour ça, pour ne pas débourser l'argent des pompes funèbres, eh oui, mon ami, un sou est un sou dans ce pays, ils ne sont pas comme nous, nous, les parents, c'est Allah qui l'a dit, tu leur dois le respect sinon tu iras en enfer ! Allah dit beaucoup de choses, il dit même que ce sont nos mères qui nous font entrer au paradis… ! Allah a dit ça ? Je ne m'en souviens pas ! Mais tu es un ignorant et un mécréant !

Mohamed se souvint de l'histoire de celui que tout le monde appelait Momo, Hadj Momo, grand et maigre, portant tout le temps une vieille casquette graisseuse dont le velours avait perdu son épaisseur, un ancien soldat de l'armée française qui avait quitté son village des Aurès pour faire la guerre aux Allemands, pour libérer la France. Il s'était disputé avec ses frères et sœurs pour une histoire d'héritage ; il était dégoûté et ne voulait plus entendre parler de cette famille qui se déchirait pour de l'argent. Il avait fait la guerre, s'était battu comme un lion puis en 1945, au lieu de rentrer chez lui, il décida de rester en France. Là, il rencontra Martine, une Normande opulente et généreuse. Sa pension ne suffisait pas, il entra chez Renault et travailla avec la même énergie qu'il avait déployée durant la guerre. C'était un brave homme, mais il avait un défaut, il buvait beaucoup. Sa cure de désintoxication, il la fit à La Mecque. Durant trois mois, il ne but pas une goutte d'alcool. Mais au retour, Martine le quitta après une dépression dont il ne comprenait pas l'origine et Momo sombra de nouveau dans l'enfer de l'alcoolisme. Sans enfants, abandonné, il mourut seul dans leur petit appartement. On le découvrit trois jours après son décès. C'était la première fois qu'un immigré mourait dans une solitude absolue, comme cela arrivait parfois dans la société française. La communauté arabe fut bouleversée par le cas de Momo. Mourir de solitude, ce n'était pas tolérable ; les gens pensaient que ça n'arriverait jamais à des musulmans puisqu'ils appartiennent tous au même clan, à la même maison, la maison de l'islam, celle qui réunit les pauvres et les riches, les grands et les petits.

L'ombre de Brahim et de Momo hantait les pensées de Mohamed. Il disait : ma vie devant moi est forcément plus courte que celle derrière moi. La mort ne l'effrayait pas, mais ce qui la précédait, ce qui la provoquait le préoccupait même s'il comptait sur la foi pour être apaisé. Restait la solitude qui ne lui faisait pas peur parce qu'il était absolument certain que jamais ni sa femme ni ses enfants ne l'abandonneraient. Mais son spectre rôdait autour de lui.

Ce fut durant cette période de doute qu'il fit une fugue. Comme un adolescent en colère il décida un jour, en sortant de l'usine, de ne pas suivre le chemin habituel de la maison. Il monta dans un autre train et se retrouva de l'autre côté de la région. C'était la fin du printemps, il faisait doux, les paysages avaient de jolies couleurs, les passants souriaient et certains lui disaient bonjour. Il se sentait léger et retrouvait l'énergie de son enfance. Il y avait moins de Maghrébins qui habitaient là, c'étaient surtout des gens des pays de l'Est. Il entra dans un bar et commanda une bière sans alcool. Le garçon, le dos tourné, lui dit : pas ça chez nous ! Mohamed crut qu'il avait commis une erreur, qu'il avait vexé quelqu'un. Alors il réclama un Coca. Le garçon toujours occupé à essuyer ses verres lui dit sans le regarder : avec glaçons, tranche de citron ou sans rien ? Sans rien. Le Coca arriva sur le comptoir dans une cannette que le garçon avait fait glisser jusqu'à Mohamed. Il aurait voulu une paille mais n'osa pas la demander. En faisant un effort, il dit d'une voix douce : omelette, je voudrais une omelette. Le garçon se mit en face de lui et l'engueula : une omelette comme ça ! vous avez le choix, il y a omelette jambon du pays fromage ; omelette jambon de Paris champignons de Paris aussi ; omelette fromage et jambon espagnol ; omelette prosciuto italien... Je voudrais juste une omelette, sans rien d'autre, je mange pas le porc... Ah, tu es musulman ! Mais avec ça un petit ballon de blanc ça serait très bien ! Non, je ne bois pas non plus d'alcool. Alors ce sera une omelette nue ! Pas même avec les fines herbes. Oui, nue, juste des œufs et un peu de beurre. Rarement il mangea une omelette aussi bonne. Elle n'avait rien de spécial, mais c'est lui qui sortait de l'ordinaire et du coup tout lui paraissait superbe. Il se dit qu'il devrait renouveler ce genre de fugue.

Pourtant, en quittant le bar, il se sentit étrange. Il avait du mal à digérer les œufs et le beurre dans lequel ils avaient baigné. Il pensa à sa femme qui devait commencer à s'inquiéter. Il aurait pu l'appeler mais il ne savait quoi lui dire. Il était incapable de mentir, de créer des scénarios crédibles. Il avait honte de lui avouer qu'il avait fugué parce qu'il était triste et qu'il voulait jouer un tour à l'habitude.

Il reprit le train dans le sens inverse et retrouva quarante minutes plus tard son quartier. C'était le soir. Les gens étaient devant la télévision. Quelques jeunes traînaient ici et là. Un gars lui lança : hé tonton, tu veux de la vraie, de la bonne, celle du pays, si tu n'en prends pas, au moins donnes-en à tes enfants ! Je plaisante vieux con !

« Vieux con ! » Cette insulte il l'avait souvent entendue autour de lui, mais ce fut la première fois qu'elle lui était adressée. Il se dit tout en marchant la tête baissée en direction de son immeuble : ai-je la gueule d'un vieux con ? C'est quoi un vieux con ? Ça doit être un pauvre type, un gars qui ne se bat pas, qui subit la vie, et le jour où il décide de ne pas répéter les mêmes gestes, il rencontre une violence d'un autre genre ; nulle part il n'a trouvé sa place. En dehors de l'usine, plus précisément de son secteur « atelier de peinture », il est en trop, il se sent de trop, à la maison, la routine est encore plus pénible car de temps en temps elle est accompagnée de petits drames avec les enfants. Il aurait peut-être aimé ne jamais quitter l'usine, rester là où il est utile, là où la chaîne dépend de lui pour passer à l'étape suivante. Il avait repéré un petit coin derrière le bureau du contremaître ; il aurait bien aimé en faire son lieu, sa maison, son lit, son refuge, mais ses enfants lui auraient manqué, même s'il avait de plus en plus la nette impression que lui, il ne leur manquait pas tellement, en tout cas, ils ne montraient pas leurs sentiments. Ils étaient devenus de petits Européens où chacun lutte pour soi, où la place des parents est reléguée au second plan.

Le type qui a tué sa femme et ses trois enfants puis s'est raté, ce devait être « un vieux con ». La télé en avait longuement parlé. Tuer puis essayer de se supprimer parce qu'on a accumulé des dettes ou parce qu'on a le sentiment d'avoir raté sa vie, cela Mohamed ne le comprenait pas. C'est interdit par l'islam. Et puis le suicidé est puni à l'infini par Dieu qui lui fait recommencer son geste éternellement. Tu imagines un type qui se pend, il passera toute l'éternité à se pendre, peut-être pas au même arbre, mais dans des maisons, dans des magasins, au beau milieu d'un salon de riches… Mohamed s'arrêta puis se dit : mais il y aura des maisons et des magasins dans l'au-delà ? Je sais, personne n'en est revenu pour nous raconter ce qui s'y passe. Tuer ? Jamais ! Je n'ai jamais été traversé par cette idée horrible. À la fête de l'Aïd-el-Kébir, je refusais d'égorger le mouton, j'en chargeais mon frère aîné ou bien notre voisin. La vue du sang me met mal à l'aise. Je n'ai jamais levé le bras sur mes enfants. J'essayais toujours de me calmer, en même temps je les ai trop gâtés, surtout la petite dernière, je l'ai tellement gâtée qu'elle a été une très mauvaise élève, je l'ai su le jour où elle a décidé d'arrêter le lycée. Ce jour-là, j'ai pleuré tout seul après la prière. Pour moi ce fut plus qu'un échec, une humiliation. Elle m'a dit : j'aime pas l'école, je me casse et puis j'ai envie de bosser. Je compris que toute tentative de la remettre sur le droit chemin serait inutile. J'aurais pu lui dire : si tu savais combien j'ai souffert de ne pas avoir été à l'école, d'être privé de tant de choses à cause de l'analphabétisme, si tu savais ce que je donnerais aujourd'hui pour avoir des connaissances, du savoir, des diplômes, de l'instruction, je me sens comme un âne, un brave animal, faisant tous les jours la même route, les mêmes gestes, incapable de s'écarter de la routine de peur de me perdre, de peur de me noyer dans une mer calme, si tu savais combien je me sens seul parce que je suis dépendant des autres quand je vais dans une administration, mais tout ça, j'imagine que tu n'en as rien à faire, toi, tu es née dans une autre époque, tu as trouvé la vie un peu plus facile, plus évidente. Tu n'aimes, vous n'aimez pas qu'on vous rappelle par quoi nous sommes passés ; tu te souviens du jour où tu as essuyé ton couteau avec de la mie de pain, j'avais réagi violemment, le pain n'est pas un chiffon, le pain, on m'a appris à le porter à la bouche pour l'embrasser avant de le manger ou de le ranger, le pain est sacré et toi, tu l'as utilisé comme un objet négligeable. Tu n'avais pas compris ma réaction, surtout tu n'avais pas l'habitude de me voir réagir. Tu te souviens de la fois où tu as fait la moue devant des bananes, tu les as repoussées du bout des doigts en disant j'aime pas. Je fis l'erreur de te dire qu'à ton âge je rêvais de manger des bananes et des pommes et que j'avais attendu d'être arrivé en France pour en connaître le goût. Mais cela ni toi ni tes frères et sœurs ne vous intéressait. C'est comme le jour où ton frère Mourad m'a dit, parce que je m'opposais à ses fréquentations : j'aimerais pas te ressembler, ah, non, pas comme toi, tu es là et on ne te voit pas, alors excuse-moi mais tu ne me donnes pas envie d'être comme toi… Je me suis longuement regardé dans la glace et je n'ai pas su pourquoi ce gamin ne voulait pas me ressembler ; qu'ai-je de si moche, de si repoussant ? Je suis propre, je ne fais de mal à personne, je fais mon travail du mieux que je peux, je suis fidèle à Dieu et je fais tous mes devoirs, tout ça, ça ne se voit pas sur mon visage ! Il faudrait peut-être que je devienne violent, que je gaspille l'argent de la famille dans les bars avec les putes, que je traîne dans les rues comme Atiq, le type qui a tout perdu, surtout la tête…

En dehors de la petite dernière, Rekya, chacun des enfants avait eu ses raisons, mais la maison de Mohamed s'était peu à peu vidée. Cela, il avait du mal à l'admettre. Il ne s'était pas rendu compte qu'ils grandissaient, faisaient leur vie puis s'en allaient. Il s'en voulait de ne pas avoir fait assez attention, il se rassurait car il n'était pas le seul à vivre cette situation, puis se disait que l'action d'un charlatan avait réussi à vider son foyer, un de ces vieux Berbères qui se reconvertissaient dans la sorcellerie, la voyance et autres services qui leur assuraient un bon complément pour la retraite. Les charlatans se laissaient pousser la barbe, s'habillaient avec des habits traditionnels, s'installaient dans un petit appartement, s'entouraient de livres sur l'islam et brûlaient un peu d'encens. Ils accrochaient au mur des calligraphies du nom d'Allah et de son prophète Mohamad, ainsi que des photos de La Mecque et de Médine. Par terre, des tapis de prière où la Kaaba était reproduite. Ils disaient ne pas faire de mal, juste empêcher que le mal ne vous parvienne. Mohamed, en bon musulman, avait horreur de ces sorciers. Sa femme et même sa fille cadette fréquentaient un certain Allam qui leur soutirait pas mal de sous tout en leur donnant des talismans à porter sur elles ou à glisser dans leurs affaires. Un jour sa fille fut interpellée par des agents de la sécurité à Orly. Dans son sac, il y avait un objet non identifié, une petite masse recouverte de scotch gris et de papier aluminium. Ils croyaient que c'était de la drogue ou une matière susceptible d'être utilisée pour fabriquer une bombe. Leur imagination allait vite. Elle ouvrit l'objet et on découvrit un bout de tissu marron sur lequel Allam avait gribouillé des lettres arabes. C'était ça le talisman pour sa protection. Il n'était pas assez puissant pour annuler l'attention des agents de sécurité. Durant le voyage, elle pensa au ridicule de la situation. Une jeune fille moderne, née dans les Yvelines, portait dans son sac où il y avait entre autres un téléphone portable, un flacon de parfum, du rouge à lèvres, un agenda électronique, un bout de tissu sale pour sa protection physique et morale ! Durant le voyage, l'avion fut pris dans un orage, ce qui l'avait secoué violemment. Tout le monde eut peur. Jamila était persuadée que les turbulences étaient en partie dues au talisman ouvert et mal refermé. Elle se dit : je suis bien née en France, mais mes gènes viennent du bled !

Mohamed n'y pouvait rien. Tout son village pratiquait ce genre d'interventions magiques. De temps en temps sa femme faisait brûler des herbes à l'odeur suffocante et lui demandait de s'en imprégner durant sept minutes. Il le faisait parce qu'il n'aimait pas les conflits, il obéissait à sa femme, il n'avait pas le choix, ainsi pour avoir la paix il ne la contrariait pas. Il se levait et tournait autour du petit brasero pour que l'encens qui dégageait des odeurs nauséabondes ait de l'effet sur le déroulement de sa vie. Pourtant c'était une brave femme, analphabète mais intelligente, courageuse et économe. Elle ne se mettait jamais en colère, acceptait tout de ses enfants, servait son mari sans rouspéter, c'était normal, ça ne mènerait à rien de protester. Elle avait vu ce qui était arrivé à Lubna, une jeune femme du bled mariée trop jeune et venue en France avec son mari. Elle avait voulu se rebeller et avait refusé de faire à manger et de nettoyer la maison, mais alors son mari lui avait donné une paire de gifles si forte que ça l'avait rendue sourde durant une bonne heure ; elle s'était adressée à la police ; le mari avait tout nié puis l'avait renvoyée au bled où elle fut répudiée. Auparavant, il avait demandé à son père de lui prendre son passeport et de le jeter dans le feu.

Mohamed préférait le Livre. Il aimait les choses simples, évidentes. Il était amateur d'huile d'olive et de miel pur que lui apportait son vieil oncle. Il lui disait : tu peux en manger autant que tu veux, le miel est bon pour la santé. Il était diabétique et l'oncle l'avait persuadé que le miel pur était tout à fait compatible avec le diabète. C'est le sucre blanc, le sucre des villes qu'il faut éviter. Le miel ne peut que te faire du bien, Allah en parle dans le Coran, il y aura du miel extraordinaire au paradis, des fleuves de miel, ça ne peut pas nuire à la santé. Alors il en mangeait tous les matins avant d'aller à l'usine. Son diabète montait, asséchait sa bouche mais il ne renonçait pas au miel. Du pain chaud trempé dans de l'huile d'olive puis dans un bol de miel, c'était son régal, son plaisir. Il prenait des médicaments, sa femme lui avait donné un talisman enveloppé dans du tissu gris cousu, sans doute le même que celui de sa fille. Il te protégera contre la maladie, contre le mauvais œil et même contre la chaleur à l'usine. Il faisait semblant de la croire ; il ne voulait pas renoncer à son régal matinal. Quant au Livre, enveloppé dans un morceau du linceul paternel, il le glissait chaque jour dans un plastique portant la marque d'un supermarché. Chaque fois qu'il l'ouvrait, et qu'il le portait à ses lèvres, il n'était plus seul. Pas besoin des services d'El Hadj, le sorcier de la porte de la Chapelle, non, il refusait de le rencontrer, et s'il portait sur lui ses écritures c'était pour ne pas faire de la peine à sa femme. Il aurait fait n'importe quoi pour ne pas avoir de disputes avec sa femme ou avec ses collègues. Il pensait que cela ne valait pas la peine d'entrer dans des conflits surtout quand il s'agissait de biens matériels. Il se tenait tranquille, ne provoquait personne et ne se mêlait de rien. Quand il y avait grève, il faisait comme tout le monde, ne se mettait jamais en avant, suivait les consignes de Marcel et attendait que la tempête se calmât. Il disait : c'est pas mon problème, les Français ont l'habitude de faire grève, alors je les suis et parfois je ne sais même pas pourquoi on s'arrête de travailler, Marcel m'explique, je l'écoute et je pense à autre chose, je pense à mon enfance au bled et je me dis en souriant : si j'étais resté là-bas, jamais un Français ne se serait donné la peine de m'expliquer les raisons d'une grève, raisons politiques ou autres, jamais un Européen ne m'aurait demandé mon avis ; c'est vrai, Marcel me dit : tu peux voter contre la grève, c'est ton droit, tu es libre, ici on est en démocratie… Ce mot, il l'avait entendu pour la première fois dans un café de Marrakech, un jour où il attendait l'autocar qui devait l'emmener jusqu'à Tanger. Quelqu'un criait à la radio : *démokratia… démokratia al hakikya…* Dans l'autocar un homme s'était assis à côté de lui et se mit à lui expliquer de quoi il s'agissait : tu comprends, nous autres qui vivons dans la campagne, quand on arrive en ville on se sent étrangers, mais avec la *démokratia*, on sera mieux considérés, c'est ce qu'a dit un type l'autre jour à la radio, il a dit que nous serons tous égaux, nos enfants iront tous à l'école de l'État et ce sera gratuit, l'hôpital et les médicaments seront gratuits aussi, pour ça il faut aller voter, même si tu ne sais pas lire, tu poses tes empreintes sur un cahier, puis tu votes, c'est ça la *démokratia*, après on aura l'eau, l'électricité dans le village, on aura des routes et même de la lumière pour éclairer les ruelles, tu vois, on veut être comme les Européens, on aura du mal, ça prendra du temps, mais on y arrivera, bon, pour le moment, je dois fumer une cigarette, t'as du feu ?

# 4

Mohamed confiait toute la paperasse administrative à sa fille cadette qui passait des heures à remplir des documents pour les Allocations familiales, pour la Sécurité sociale, pour la banque, pour le service des impôts. Il signait en dessinant un arbre, il disait que c'était un olivier, le même et l'unique qui existait dans le village. Il alignait deux traits verticaux surmontés d'un rond plein de hachures. Une signature originale, différente de la croix traditionnelle que ses copains griffonnaient. Il aurait pu écrire son nom en arabe, il avait appris l'alphabet quand il était à l'école coranique. Je ne sais pas écrire, mais j'aime dessiner. Les enfants l'ignorent, ils se moqueraient de moi, alors je dessine en cachette. Pas besoin d'école pour ça. D'ailleurs j'ai un cahier plein de dessins; je le laisserai à mes enfants ou plutôt à mes petits-enfants; je dessine des arbres et des maisons. C'est tout. Des arbres avec des fruits de toutes les couleurs; des grands, des moyens, des trapus, des arbres secs, d'autres touffus, je dessine des bois et même une forêt, je marche dans la forêt, je me perds, je m'arrête et m'assois le dos calé contre un tronc immense, je ne connais pas le nom de cet arbre, mais il donne de l'ombre et de la fraîcheur, il me donne de l'air apaisant, il me repose et me fait du bien, cet arbre n'existe que dans la forêt que je dessine, je sais qu'il n'existe pas ailleurs, je dessine des arbres et des forêts parce que nous n'en avons pas au bled, au bled il y a des pierres et de la poussière, il y a de la sécheresse dans tout, il y a des pierres petites ou grandes, entre elles des scorpions, ils piquent les enfants dans leur sommeil qui meurent étouffés, des fois qu'on oublie de surélever le lit, ma nièce de quatre ans est morte tuée par un scorpion la nuit, le matin elle avait enflé, les yeux fermés, elle ne respirait plus, si on avait de l'eau, des ruisseaux, les scorpions n'auraient pas piqué ma petite nièce… Je dessine des terrains de jeu, des toboggans, des labyrinthes dans un jardin anglais comme ce que j'ai vu un jour à la télé, tout le film se passait entre des haies d'arbres bien taillés, pas un brin d'herbe qui dépasse, je ne me souviens plus de ce que se disaient les personnages habillés à l'ancienne… c'était joli, harmonieux, étrange. Je dessine mon usine vue de loin, toute bariolée de couleurs phosphorescentes, on aurait dit un parc d'attractions avec des lumières qui clignotaient tout le temps ; je dessine aussi des maisons avec des terrasses où il n'y a pas de paraboles ni d'antennes de télévision, des terrasses avec des tapis et des tissus aux couleurs chatoyantes. Je n'ai pas l'air d'aimer les couleurs parce que mes enfants m'ont souvent reproché de m'habiller toujours en gris, mais au fond j'adore les couleurs du printemps, les couleurs naturelles, je n'ai pas besoin de les porter sur mon dos, les couleurs sont dans ma tête, elles font de la musique quand ma tête est fatiguée, elles ne sortent pas de moi, c'est pour cela qu'on dit que je suis triste, être triste c'est être contrarié, rien n'arrive comme je l'avais espéré, alors comme je n'y peux rien, je garde le visage fermé, et regarde le monde s'agiter comme s'il était pris par une frénésie ou une fièvre impossible à soigner ; je suis triste depuis que je suis arrivé en France, ce pays n'y est pour rien dans ma tristesse, mais il n'a pas réussi à me faire sourire, à me donner des raisons d'être gai, heureux, c'est comme ça, je n'y peux rien ; je ne suis pas le seul, regardez les hommes à la sortie de l'usine, ils sont tous tristes, surtout les nôtres, les Maghrébins, ils avancent le corps légèrement penché comme s'ils portaient un poids, peut-être que je me fais des idées, ils ne sont pas tristes, ils passent leur temps à rigoler, moi, je n'y arrive pas ; oui, j'aime les couleurs et je garde cela pour moi, ça, je n'arrive pas à le faire comprendre à mes enfants, mais je n'essaie même pas, pas envie de parler, de me justifier. C'est pour ça que j'ai peu parlé avec eux. Je pensais qu'en arrivant en France, ce serait plus facile de se parler, même autour de la table, je les sens ailleurs, ils sont déjà partis et font de la présence. Rien ne passe, ils parlent entre eux de leurs amis, de leurs projets, je n'y comprends rien, en dehors de quelques formules de politesse, il ne se passe rien entre nous. Mais je ne suis pas le seul dans ce cas. Est-ce que mon père me parlait ? Oui, il me disait peu de chose, mais je savais ce qu'il fallait faire. Pas besoin de longs discours. Il m'a appris les fondements de notre religion et m'a dit : mon fils l'islam c'est simple, tu es seul responsable devant Dieu, si tu fais du bien tu le retrouveras dans l'au-delà, si tu fais du mal tu le retrouveras aussi ; pas de problème, tout dépend comment tu traites les gens, surtout les faibles, les pauvres, alors l'islam, tu pries, tu t'adresses au Créateur et tu ne fais pas de mal autour de toi, tu ne mens pas, tu ne voles pas, tu ne trahis pas ta femme et ton pays, tu ne tues pas, mais ça ai-je besoin de te le rappeler ? Ma mère ne disait rien, parlait peu. Le jour où je lui ai dit : je dois me marier, elle m'a répondu : j'y ai pensé et je t'ai trouvé la femme qu'il nous faut ; elle a insisté sur le « nous » ; je me suis marié avec ma cousine qui est en fait mon arrière-cousine et tout est allé bien. Pas de problème, jamais un mot plus haut qu'un autre, tout était calme ; elle ne me contrariait jamais, moi non plus je ne la contrariais pas, ma mère savait ce qu'il me fallait. Je lui serai toute ma vie reconnaissant. Il faut toujours faire confiance aux parents ; ils savent mieux que leurs enfants ce qu'il leur convient. Ce n'est pas toujours vrai. Je sais : les temps changent, mais moi je ne change pas. Avec les miens, je n'y suis pas arrivé. Je ne comprends pas, je suis perdu et ne sais pas comment m'en sortir. Je laissais faire et je ne disais rien. Ce n'était pas une bonne solution. Les enfants ont besoin d'entendre la parole des parents. Là, j'ai l'impression que j'ai tout raté. Mais c'est une autre histoire, c'est une histoire entre Lafrance et moi. Lafrance, je n'en ai jamais rêvé, c'est vrai, j'entendais parler des gens qui partaient à Lafrance travailler puis c'est tout, quand ils revenaient, ils ne racontaient pas Lafrance, juste le froid, la langue difficile, les gens qui ne vous sourient pas... Mais ils rapportaient de l'argent et des objets dont on n'avait pas forcément besoin. Je me souviens de mon oncle qui avait rapporté un four électrique et un fer à repasser. Il avait oublié qu'on n'avait pas de courant et qu'on utilisait des bougies, des lampes à pétrole pour l'éclairage et les butanes de gaz pour la télé. Le four a été utilisé comme garde-manger. C'est rigolo. Ma tante le gardait précieusement, l'avait enveloppé avec un foulard brodé, personne n'avait le droit d'y toucher. Le fer servait à aplatir la pâte pour réussir les crêpes fines. Un neveu avait apporté de la lingerie, des soutiens-gorge en soie, mais sa mère n'en avait jamais porté, elle les a accrochés à un clou, les promettant à sa future fiancée, mais aucune jeune fille ne voulait de lui, il bégayait, il était le souffre-douleur des enfants. Quand il se mettait en colère son bégaiement le rendait encore plus nerveux et les autres riaient de plus en plus fort. Il disait qu'en France personne ne se moquait de lui, que la prochaine fois il irait passer des vacances chez des paysans bretons ! Il n'est plus revenu au village, on a perdu sa trace.

Mon rêve quand j'étais petit était de connaître à fond le Coran, le connaître et le comprendre, peut-être même l'expliquer aux autres. Je récitais machinalement des sourates entières mais je n'en saisissais pas tous les sens. Il n'y avait personne dans le village capable d'interpréter ce flot d'images. La récitation me mettait dans un état d'excitation au point que je devenais comme le neveu, un peu bègue. J'avalais les mots, certains disparaissaient au fond de ma gorge. D'autres laissaient des traces parce qu'ils étaient trop longs pour les retenir. J'avais d'autres rêves mais je n'osais jamais les dire. Je ne voulais pas être riche, juste avoir de l'argent pour faire des cadeaux. Quand je regardais l'horizon, quand je voyais ces pierres sèches, grises, rouges, mes rêves n'osaient pas sortir, j'avais peur qu'ils ne se mêlent à cette terre ingrate, dure et sans espoir. Tout était exagéré dans ce lieu : le froid comme la chaleur, la lumière comme les orages, les étoiles qui affluaient en grand nombre certaines nuits, les nuages qui couvraient le ciel sans donner la moindre goutte de pluie. Alors les rêves restaient endormis dans une caverne dont je n'osais pousser la porte ni soulever le couvercle. J'avais peur de ce que je pourrais trouver. Les rêves c'est comme les souvenirs, je ne sais pas où ils vont ni où ils se cachent. Un jour un de mes enfants m'a demandé : où se cache la lumière la nuit ? Je me suis dit : c'est le genre de question que je n'aurais jamais posée à mon père. C'est lui qui m'a donné la réponse : la terre tourne, la lumière ne bouge pas, c'est nous qui bougeons avec la terre. C'était l'époque où mes enfants me posaient des questions même si je n'y répondais pas. Aujourd'hui, à peine me regardent-ils.

Ni Brahim que Dieu ait son âme en sa miséricorde, ni Lahcen, ni Hamdouch, ni Larej, pas même Ahmed qui se faisait appeler Tony et bien d'autres, aucun de nous n'a demandé la nationalité, ça on le laisse aux jeunes, nous, nous serons jamais françaouis cent pour cent, il faut être honnête, c'est pas notre truc, nous sommes marocains, algériens, tunisiens, libyens, nous n'allons pas faire semblant juste pour les papiers, c'est pas bien les gars qui parlent même pas correct et qui se disent français en prenant l'accent du présentateur de télé ; tous mes enfants sont français, sur le papier, au début j'ai eu du mal à l'admettre, il fallait signer des documents, j'hésitais, avec les copains on en parlait et nous n'étions pas d'accord entre nous, Rabi'i a même frappé à coups de ceinturon ses deux filles qui avaient rempli les dossiers de la naturalisation, elles ont fait un grand scandale, la police et la presse furent alertées, le pauvre Rabi'i faillit aller en prison pour entrave à la liberté de ses enfants majeurs, devenir françaoui pour lui c'était reconnaître publiquement que ses enfants ne lui appartenaient plus, que la France les prenait sous son aile et que lui n'avait pas son mot à dire ; une journaliste en colère a débarqué dans la cité avec une caméra, elle voulait entendre le père, le pauvre, il a été surpris dans le café et il a bafouillé ne sachant que dire ni comment sortir de ce piège ; la journaliste le bombardait de questions, ne lui laissait pas le temps de réfléchir, elle l'accusait de tous les maux dont souffrait la société immigrée ; il a été très malheureux, après cette épreuve il est parti en Algérie emmenant avec lui le plus jeune de ses enfants, l'a inscrit dans un collège algérien et s'est dit : au moins celui-là leur échappera. Mais les choses ne se sont pas passées comme il prévoyait. Le gamin fit une fugue et retourna dans les Yvelines où il rejoignit une bande de jeunes barbus qui, tout en étant français, voulaient défendre les couleurs de l'islam en terre chrétienne. Il ne connaissait rien au Coran mais suivait des rituels auxquels il ne comprenait pas grand-chose. L'enfant était perturbé. Il ne trouvait plus sa place entre cette bande de barbus qui lui lavait le cerveau et la famille où les disputes étaient violentes. Un jour il poussa un cri, c'était plus fort que lui : je ne crois pas en Dieu ! Les « Frères » se mirent à prier pour éloigner de lui Satan, il s'en moquait, devenait provocateur : au nom de votre dieu on égorge des petites filles en Algérie ! Il prit ensuite la fuite et trouva refuge parmi une bande de petits trafiquants dirigée par son cousin dit « le borgne ». À la mort de ce dernier dans un accident de voiture, il prit les choses en main et devint riche. Il changeait souvent de nom et de domicile jusqu'au jour où il dut s'enfuir et s'installer en Australie où on dit qu'il a ouvert un restaurant appelé Le Roi du couscous. On n'a plus eu de ses nouvelles. Son père a été tellement triste et désespéré qu'il refuse depuis de parler. Il s'est enfermé dans un long silence attendant la délivrance, la mort.

## 5

Mes enfants s'appellent Mourad, Rachid, Jamila, Othmane, Rekya et le merveilleux Nabile qui n'est pas mon fils mais celui de ma sœur qui me l'avait confié dans l'espoir qu'il puisse intégrer un institut pour enfants attardés. Il est mon préféré, il est né avec un problème et je crois qu'il a transformé ce problème en quelque chose de formidable ; on m'a dit que c'est un mongolien, je ne sais pas ce que c'est, mais je sais que c'est un garçon étonnant. Il se blottit dans mes bras, se serre très fort contre moi et me dit « jtème ». Mes enfants ne me disent jamais « jtème », moi non plus d'ailleurs, ce ne sont pas des choses qu'on se dit dans la famille, une fois une secrétaire à l'usine m'a rendu un document mal rempli, je lui ai dit : pourtant c'est lui qui l'a rempli, j'ai confiance en lui ; elle m'a dit : c'est qui lui ? Ma fille cadette ! La femme était choquée, mais comment lui expliquer que chez nous c'est comme ça, on ne parle pas de nos filles ni de leur mère, c'est une question de respect, mais elle n'a pas compris. Je n'ai jamais fait de compliments à mes filles ; ça ne se fait pas de dire « ma fille tu es belle », non, pas ça chez nous.

Mes enfants ont la tête très arabe, la tête et les gestes, ils disent qu'ils sont intégrés, j'ai jamais compris ce que c'est ; un jour Rachid m'a montré une carte et m'a dit : avec ça je vote, moi aussi je suis français et européen, je lui dis, va doucement, déjà pour avoir les papiers t'as attendu plus d'un an et demi, tu vas pas commencer le même cirque pour te dire européen, n'oublie pas d'où tu viens, d'où tes parents viennent, c'est important, partout où tu iras, n'oublie pas que ton pays d'origine est inscrit sur ton visage, il est là, que tu le veuilles ou non. Moi, je n'ai jamais douté de mon pays, vous autres, vous ne savez pas de quel pays vous êtes, oui, vous vous dites françaouis, je crois que vous êtes les seuls à le croire, tu penses que le flic te traite comme un Françaouis cent pour cent ? Oui, si tu vas au tribunal, le juge dira que t'es françaouis, il est obligé, mais il pense que tu es étranger, ou bien un bâtard. On dirait que la France a fait plein de gosses avec une femme venue d'ailleurs et que ces enfants, elle a oublié de les déclarer, je veux dire de les reconnaître, c'est curieux, de toute façon, rien ne sera facile pour vous ! Quand nous sommes arrivés, il y avait déjà des immigrés, des gens d'Italie, d'Espagne, du Portugal. Ils nous regardaient avec un œil pas sympathique, en fait, ils étaient de moins en moins immigrés, leurs pays allaient tous entrer dans l'Europe et nous, nous sommes restés sur le quai, je veux dire sur le trottoir, on voulait bien de nous, mais tant qu'on restait discrets, il fallait pas trop parler ni bouger. Puis un jour, je venais à peine d'arriver, les Algériens qui étaient en guerre pour l'indépendance de leur pays décidèrent de manifester dans les rues de Paris. Je n'y étais pas, mais je sais que beaucoup de chambres d'Algériens restèrent vides après la manifestation, leurs habitants étaient morts. On en parlait en baissant la voix ; on avait peur parce que la police rôdait tout le temps autour de la cité.

N'oublie jamais d'où tu viens, mon fils. Dis-moi, c'est vrai que tu te fais appeler Richard ? Richard Ben Abdallah ! Ça va pas ensemble, tu maquilles le prénom mais le nom te dénonce, Ben Abdallah, fils de l'adorateur d'Allah ! C'est lourd ! Comment t'as fait ? Tu as changé aussi le nom ? Ah, tu as supprimé l'adorateur d'Allah et tu as juste laissé Ben, oui, on pourrait te prendre pour un juif, c'est ça, tu veux effacer tes origines et trouver un bout de place, un petit tabouret chez les Françaouis, juifs de préférence, dis-moi, est-ce que ça marche ? Est-ce que tu trouves plus facilement du travail ? Tu as fait ça pour entrer en boîte de nuit ? Il ne m'a pas répondu, parti en courant… Richard ! Dire que j'ai égorgé un beau mouton le jour de son baptême ! Rachid c'est plus beau que Richard, enfin qu'y puis-je ? Encore heureux qu'il ne m'ait pas totalement effacé comme a fait Abdel Malek, le fils de notre voisin parti avec une famille américaine et qui est resté dix ans sans donner de ses nouvelles jusqu'au jour où il est arrivé au bled en se faisant appeler Mike Adley (prononcer Maïke Adlai) et parlant le berbère avec l'accent d'un étranger. Il était ridicule et ne savait même pas que sa mère était décédée. Il a vu son père, lui a donné des dollars puis l'a salué comme l'aurait fait un touriste avant de disparaître. Adley ! Mike Adley ! Mais qu'est-ce qu'ils trouvent de si attractif dans ces pays modernes ? C'est peut-être notre façon de vivre qui ne les intéresse plus. Nous ne sommes plus attrayants, nous ne sommes plus sympathiques, nous sommes dépassés, nous leur faisons honte. Je n'ai de ma vie commis aucun délit, je n'ai ni menti ni volé ni triché. J'ai toujours été droit, le cœur ouvert, je veux dire : n'ayant rien à cacher, j'ai travaillé pour qu'ils ne manquent de rien, je leur ai toujours offert des vacances, des cadeaux, j'ai été un père honnête, trop honnête. Mes enfants ne veulent pas me ressembler. C'est ça le problème. Mais est-ce que moi j'ai envie de me ressembler ? Je me suis enfermé dans la salle de bains et me suis longuement regardé dans le miroir. Je voyais quelqu'un d'autre, un personnage vieux avant l'âge, un visage marqué par le temps et le travail pénible. Qu'ai-je fait de ma vie ? J'ai travaillé tous les jours et le reste du temps j'ai dormi pour récupérer. C'est une vie qui a la couleur de ma blouse. Je ne m'étais jamais demandé si ma vie aurait pu avoir d'autres couleurs. Quand je suis au bled je ne me pose pas toutes ces questions. Je suis en accord avec la nature même quand elle est jaunie par la sécheresse. Je suis chez moi. Ce sentiment n'a d'égal nulle part au monde. Comment dire ? C'est se sentir en sécurité même quand l'orage et la foudre menacent, même quand l'eau et le sucre manquent… C'est ça, ici je ne me suis jamais senti chez moi, chez nous. C'est la faute de personne, c'est ainsi, je n'accuse ni la France ni le Maroc ni Jean ni Jacques ni Marcel, ni le roi ni la reine, non je ne suis pas chez moi sur une terre familière, peut-être que mes enfants ne se posent pas cette question, tant mieux, mais alors je suis venu ici pour que je ne me sente pas chez moi et eux se sentent bien chez eux… mais ça se trouve où chez eux ? Je n'ai jamais voyagé en dehors de la France ; le comité d'entreprise organisait des voyages en Italie, en Espagne et dans les pays communistes ; je n'ai jamais voulu laisser mes enfants et partir quelques jours découvrir d'autres villes ; je n'en avais pas besoin, peut-être que j'aurais dû voyager ; je ne sais pas ce que c'est d'être étranger, touriste dans un pays étranger, je n'ai pas le temps de faire ce genre de choses…

Heureusement que Nabile est là. Nabile, un don de Dieu, une lumière dans ma vie. Comme moi, il ne sait pas bien lire et écrit difficilement, mais il a quelque chose de merveilleux, c'est un ange. Quand il entre dans une pièce, il repère tout de suite les personnes qui n'admettent pas son état ou qui font la moue. Il les ignore. Il est incapable d'avoir des sentiments négatifs. Pour moi, il a été plus qu'un fils : une boussole, un guide, un rayon de soleil dans ma vie grise, un sourire qui efface toute la tristesse du monde. J'aime sortir avec lui manger au restaurant. Il adore s'habiller et faire la fête. C'est pour lui que je mets une cravate. Il y tient. Sans lui, je pense que ma vie aurait été encore plus triste, plus difficile. Je remercie Dieu de nous l'avoir envoyé. Quand il retrouve ses parents au bled, il ne cesse de leur parler, il leur raconte sa vie avec des mots que personne ne comprend, il le sait, alors il se fait comprendre avec les gestes, là, il les fait rire, c'est un clown, un comédien, d'ailleurs il fait du théâtre, il adore jouer, faire des tours de passe-passe, des acrobaties, il est tellement souple, inventif, qu'il étonne tout le monde. Je crois que, s'il était resté au bled, il serait aujourd'hui comme un légume, bavant, sans envie de vivre. Chez nous, on ne fait rien pour ces enfants, on les laisse dans la nature comme des animaux, personne ne leur fait de mal mais on ne s'en occupe pas non plus. En France, il a été à l'école, il a fait du sport, a appris la musique, il est heureux. J'ai peur pour lui. Un jour, c'est lui qui m'a dit : j'ai peur pour toi. Il l'a dit distinctement. Peut-être que c'est la seule personne de la famille qui m'ait compris. Il a vu que j'étais triste, pensif, pas heureux. Cela m'a fait monter les larmes aux yeux. Peur pour moi ! Il a raison, moi aussi il m'arrive d'avoir peur pour ma santé, pour mon équilibre, je ne parle pas, mais je pense, je pense tout le temps, ça ne se voit pas, ma femme, la pauvre, ne sait pas tout ça, elle ne peut pas comprendre combien je suis triste, mais je ne veux pas lui faire de peine, c'est une brave mère de famille, elle ne vit que pour ses enfants, moi aussi sauf que je commence à me rendre compte que quelque chose ne va pas. Alors je pense à Nabile et le soleil revient dans mon cœur. Il est l'unique enfant de la famille qui éclaire mes dimanches. Un jour, le directeur de son école le distingue en le nommant au tableau d'honneur. Nabile était content, mais il ne voyait rien venir, alors il demande : mais où est le tableau ? Tout le monde rit et lui aussi. Il l'a fait exprès pour détendre l'atmosphère. C'est ma fille cadette qui s'est le plus occupée de lui. Elle a une passion pour ce garçon si doux, si sensible. Un autre jour, il se bagarre dans la cour de récréation car un gamin l'a traité de « mongol » et lui donne une bonne leçon. Nabile est sportif, son corps est bien bâti, musclé et beau. Il ne se considère pas handicapé et aime venir au secours des gens en difficulté. Quand il aperçoit une personne ayant du mal à marcher, il va lui prendre le bras et la fait traverser. Nabile a des dons cachés. Un jour, nous étions chez Marcel. Tout d'un coup on a entendu quelqu'un jouer du piano. Ce n'était pas un débutant, quelqu'un qui faisait n'importe quoi. C'était Nabile qui tranquillement s'était installé et s'était mis à jouer un air improvisé. Tout le monde était étonné et émerveillé. C'est un garçon autonome, méticuleux, un peu maniaque.

# 6

J'avais regardé les élections, lorsque Le Pen fit la surprise à Chirac, j'ai bien ri, mais ma femme a eu peur, elle m'a dit : peut-être qu'on doit préparer les valises, je lui ai dit : non, ne t'en fais pas, Le Pen a besoin de nous, oui, imagine ce pays vidé de ses immigrés, il ne pourra plus dire que nous sommes l'origine du mal, de l'insécurité, que nous profitons de la Sécurité sociale et des allocations pour les enfants, il sera bien embêté s'il n'a plus d'Arabes sous la main, non, il fait son cinéma, il n'arrivera jamais au pouvoir, mais on ne sait jamais, la politique, je la regarde parfois à la télé, quand on parle de nous c'est mauvais signe, on ne dit jamais du bien de notre travail, ça a toujours été comme ça, je m'y suis habitué ; tu sais que je déteste les valises, les sacs bariolés achetés à Barbès dits « sacs migris », je déteste les caisses pleines de choses inutiles qu'on doit transporter jusqu'au bled pour les distribuer aux gens restants, je déteste les bagages, les cadeaux obligatoires, les objets qui s'accumulent dans la cave, je déteste les choses qui brillent et qui ne valent rien, toi, tu as peur de manquer, alors tu emportes avec toi tellement de choses que je me mets moi aussi à douter, je me dis : peut-être que la guerre va éclater, il vaut mieux préparer des choses, je ne proteste pas, je ne dis rien, je te laisse faire, donc j'ai regardé Le Pen, il fait peur, il a des mains grasses, des gifles de ces mains doivent faire naître des étoiles, de fausses étoiles, je ne sais pas pourquoi mais je n'arrive pas à le prendre au sérieux, il me fait rire et je l'imagine toujours dans des positions pas très favorables, genre très vicieuses, mais je sais qu'il y a d'autres Le Pen dans ce pays, ils ne parlent pas comme lui, mais ils ne nous aiment pas, d'où ça vient qu'on ne nous aime pas ? Qu'avons-nous fait de si terrible pour être suspectés, parfois maltraités dans la rue ? Notre réputation n'est pas brillante, ça doit venir de loin, peut-être de la guerre d'Algérie, peut-être de plus loin encore ; évidemment, il y a l'histoire du poisson pourri qui contamine toute la caisse, que faire alors ? Faire profil bas ? Nous sommes experts en profil bas, en tout cas mes compagnons et moi, nous nous faisons petits, on n'élève pas la voix même quand nous sommes victimes d'une injustice ou de racisme banal, on ne veut pas d'histoires. Que faire ? Disparaître ! Ne plus exister, devenir transparents tout en continuant à bosser ; en fait ce serait l'idéal : être là, être utiles, efficaces, puis ne pas se montrer, ne pas faire d'enfants, ne pas cuisiner avec nos épices qui dégagent des odeurs dérangeantes ; j'y ai souvent pensé ; comment faire pour être le plus discret possible et travailler comme si nous n'existions pas ? Avant, en tout cas quand je suis arrivé en France, on ne parlait pas de nous ; nous étions dans des cités de transit puis nous n'allions presque jamais en ville ; mais avec la venue de nos enfants les choses ont fait du bruit, beaucoup de bruit ; alors pourquoi demander la nationalité, je suis bien avec mon passeport vert, avec ma carte de séjour de dix ans, pas besoin d'un passeport d'une autre couleur. Il paraît que les Françaouis nous aiment bien, nous autres Marocains, mais détestent les Algériens ; les pauvres Algériens, ils n'ont pas eu de chance, leur pays a tout le temps été occupé, aujourd'hui l'Algérie est très riche, j'ai vu ça à la télé, ils ont du pétrole et du gaz, ils ont des trésors sous la terre qui les nourriront durant des siècles, et pourtant des Algériens émigrent, ils sont de plus en plus nombreux à venir s'installer en France, c'est malheureux, un pays si riche et un peuple si pauvre ! Ce n'est pas moi qui le dis, mais un militant des droits de l'homme en Algérie. Au Maroc c'est différent. Nous sommes pauvres, nous avons toujours été pauvres. Les gens des villes vivent mieux que ceux de la campagne. Mais nous, nous avons le Makhzen, c'est le caïd, le pacha, le gouverneur, représentants du pouvoir central qui nous commandent. On ne sait pas comment ça fonctionne, mais le Makhzen c'est la gendarmerie, la police et l'armée qui font ce qu'ils veulent. Le pauvre n'a aucun droit. Il subit et se tait. Celui qui gueule, on le fait disparaître. C'est ce Maroc-là que j'avais laissé en 1960 avant de prendre le train puis le bateau puis le train pour LallaFrança. Je n'ai jamais parlé de politique. Mais je sais que les deux enfants du boucher d'Imintanoute ont disparu. Deux hommes en civil se sont présentés comme envoyés par l'agence immobilière Darkoum, ils sont venus les chercher pour qu'ils leur montrent un terrain que leur père avait mis en vente, ils les ont accompagnés dans une voiture immatriculée en ww alors qu'elle était bien usée. Ils ne sont jamais revenus. Le père est parti à Marrakech sur les traces de l'agence, laquelle n'avait jamais existé. Leur mère est devenue folle et le père a fermé boutique. C'était l'été 1966. Ils étaient lycéens à Marrakech. Quand je rentrais l'été, on me parlait des jeunes en prison en baissant la voix alors qu'il n'y avait personne autour de nous. La peur, oui j'ai connu la peur. Peur qu'on me retire mon passeport, un bien précieux, peur qu'on me retienne sans raison, comme cela est arrivé à Lahcen resté au commissariat de l'aéroport plus de deux jours, on l'avait oublié ; quand on lui a rendu son passeport, le flic lui a dit : toi qui as la chance de vivre là-bas, pense à ton frère, vide un peu tes poches, il faut s'entraider, c'est normal, il y en a qui ont tout, et puis il y a ceux qui ont presque rien, alors ils souffrent, tu vas pas laisser ton frère souffrir, alors comprenne qui voudra mon ami ! Lahcen lui donna les billets qu'il avait sur lui et quitta le commissariat, la tête abrutie par une forte migraine.

Heureusement que ce Maroc-là n'existe plus. C'est fini le temps de la peur et du Makhzen qui agissait sans respecter la loi et le droit. Je m'en suis rendu compte au passage à la douane de Tanger. Du jour au lendemain les douaniers sont devenus prévenants, ne nous suspectaient plus de transporter de la drogue ou des armes. Il paraît que le nouveau roi leur a donné des ordres pour ne plus nous harceler. Il est bien ce jeune roi, c'est tout le contraire de son père. À l'époque, on avait parmi nous des immigrés qui travaillaient avec la police de Rabat ou du consulat. On les reconnaissait parce qu'ils se mettaient à critiquer la politique et le roi. Moi, je disais : vive le roi, vive le Maroc ! Ils n'avaient rien à rapporter à leurs patrons. C'est Marcel, le délégué syndical, qui m'avait prévenu. Tu sais, fais gaffe, le Sallam, tu sais le mec qui vient d'arriver de Roubaix, en fait il n'a jamais travaillé à Roubaix, il est venu directement de Rabat et donne des informations à la police sur la communauté marocaine immigrée. Il y a lui et l'autre, le mec très maigre qui se fait appeler FelFla, piment. La CGT nous a toujours aidés. Ce fut elle qui organisait des cours d'alphabétisation les samedis et dimanches à la Bourse du travail. Il y avait de jeunes étudiants de Paris, des gars des villes, des Fassis, des Marrakchis, des Casablancais qui se déplaçaient à tour de rôle et nous donnaient des cours. Nous aimions bien ces après-midi, c'était pour nous des moments de détente, on parlait du pays, on se faisait expliquer des choses, parfois les étudiants nous aidaient à écrire des lettres à nos familles et surtout à remplir des dossiers administratifs pour la retraite, pour les crédits bancaires, etc. Je préférais être là, même si j'avais du mal à apprendre les mots, que d'aller passer la journée dans un café à regarder les gens aller et venir. Apprendre à lire, c'est si difficile à mon âge. Pourtant j'ai appris à conduire assez facilement, je regardais fixement les panneaux et je les imprimais dans ma tête. J'ai toujours été prudent. Je connais par cœur le code de la route. Le problème c'est lorsque je me trouve face à une déviation. Là, je suis malheureux, je me trompe, je prends une autoroute qui me ramène en arrière. J'ai horreur des travaux sur les routes et leurs déviations. Je connais par cœur la route France-Maroc. Je roule sans faire de vitesse. Je m'arrête de temps en temps pour le repos obligatoire. J'ai mal au dos. Je fais des exercices. C'est souvent l'envie de pisser qui m'oblige à m'arrêter. C'est comme ça qu'on a découvert le sucre dans le sang. Un jeune médecin, marocain, m'a bien expliqué comment on devient diabétique. Depuis je fais attention ; j'avoue que je me laisse aller dans le bled. C'est fait pour ça : se laisser aller, ne plus faire attention, ne plus respecter les règles. Il est difficile de refuser un verre de thé ; les gens se vexent, alors je bois ce thé plein de sucre et je prie Dieu pour m'aider à faire disparaître tout ce sucre en trop dans le sang.

Brahim refusait d'apprendre à écrire et à lire, il aimait boire de la bière et fréquentait Khadija, la putain qui teignait ses cheveux en blond et se faisait appeler Katy. Elle n'était pas mauvaise mais, la pauvre, elle avait perdu ses dents dans une bagarre avec son proxénète et faisait le ménage dans ce bar. Elle faisait pitié, plus aucun homme ne voulait aller avec elle, alors elle se consolait en buvant ; le samedi, elle s'installait sur un bout de trottoir au marché aux puces de Saint-Ouen et tatouait avec du henné les mains et bras des jeunes filles. Elle était douée pour ces dessins en arabesque qu'elle traçait délicatement sur la peau des filles. Mohamed connaissait bien son histoire mais il se tenait à distance plus par timidité que par réprobation morale ou religieuse. Un jour elle s'est approchée de lui comme si elle se noyait et qu'elle demandait du secours. Il ne savait comment se comporter, surtout quand elle lui prit la main et la baisa. Il lut de la détresse sur ce visage et sortit un billet qu'il glissa dans sa main. Il pensa que cette malheureuse était une victime de l'immigration puis se dit : c'est son destin, même si elle était restée au bled elle aurait mal tourné. Tout est écrit. Rien n'arrive par hasard, en même temps il sait que l'être est responsable de ce qu'il fait. Il s'arrêta et se demanda : si j'entre dans ce bar et que je me saoule au point de perdre mon équilibre physique et ma dignité d'homme, c'est moi le responsable, ce n'est pas Dieu qui aura décidé à ma place, si je fais une bêtise, puis une tonne d'autres bêtises, je suis le seul coupable, laissons Dieu au-dessus de tout ça. Alors si je continue ma marche, si je glisse sur une peau de banane et que je me casse la colonne vertébrale, c'est Dieu qui aurait voulu que je me brise en deux ? Ou bien est-ce le salaud qui a jeté la peau de banane sans penser aux passants qui pourraient glisser et se casser qui est responsable ? Non, il faut simplement faire attention et voir où on pose le pied. Mais l'état dans lequel nous met *lentraite*, n'est-il pas malsain, mauvais, producteur de tristesse et de mélancolie ?

Tiens, j'ai des douleurs musculaires alors que je ne travaille plus, j'ai mal aux articulations, je sens que mon corps est battu, labouré par une étrange fatigue, c'est curieux, je n'ai jamais connu cette fatigue, c'est parce qu'elle provient du rien, le rien qui s'est installé dans ma vie commence à ronger mes membres. Le vide creuse mon corps. J'ai mal. Je ne me plains pas ; ce n'est pas dans mes habitudes, mais depuis que j'ai attrapé *lentraite*, rien ne va plus. J'aimais la fatigue de fin de journée quand je rentrais, ma femme me préparait un dîner léger pendant que je me lavais, j'apercevais les enfants et au moment des informations à la télé je sentais le sommeil me faire signe, je me levais et tombais sur le lit où je dormais profondément. Cette belle fatigue me manque à présent. Elle a été remplacée par une autre, plus insidieuse, plus perturbante. Je dois être malade. Un jour, le médecin du travail nous avait dit : attention, si le matin vous vous levez fatigués c'est qu'il y a quelque chose qui ne va pas, c'est le signe d'une maladie qui se cache et qui n'ose pas se déclarer. C'est peut-être le cas. Mais je n'ai pas envie de consulter un médecin.

J'ai un peu honte. Dire qu'au début de *lentraite* j'ai continué à me lever aux aurores, mettre ma blouse de travail, prendre ma gamelle et m'en aller à l'usine. C'était un automatisme, je ne pouvais pas lutter contre ces gestes appris par cœur et qui faisaient partie de ma vie, de mon corps, de mon âme. Que Dieu me pardonne, je ne dois pas mêler l'âme à tout ça. J'arrivais à la porte de l'usine et puis je faisais demi-tour. Je regardais les camarades entrer, joyeux, plaisantant, prêts à une longue et bonne journée de travail. J'avais honte. Ils ne comprenaient pas pourquoi je revenais sur les lieux. Je n'avais pas envie de leur expliquer, de leur parler ni de me justifier aux yeux de quiconque. À part ma femme. Elle ne disait rien mais me regardait d'une drôle de manière. Qu'allais-je faire à présent de mes blouses grises, de mes gamelles, de mes lunettes de protection, de mes papiers, de mes journées libres, de tout ce temps qui tombait sur moi comme un tas de ruines ? Je ne peux même pas léguer tout ça à un de mes enfants. Ils ne savent même pas que je suis tombé dans *lentraite*. Ils ne me posent pas de questions, ils passent rapidement puis repartent sans se soucier de mon état. Je les observe et n'arrive pas à imaginer leurs enfants les traiter de la sorte. Tout change. Difficile d'accepter que le monde change si vite. Les ancêtres ne nous ont pas préparés, ils ne nous ont rien dit. Jamais ils n'auraient imaginé que des hommes quitteraient leur terre pour aller à l'étranger.

À la réflexion, il était persuadé que *lentraite* avait tué Brahim. Il le voyait traîner dans les rues, boire chez Katy et marcher en titubant quand il décidait de rentrer chez lui. Sa femme était repartie au Maroc, elle aussi était sous l'influence d'Allam. C'était plus qu'un sorcier, c'était aussi un conseiller conjugal. Ce fut lui qui l'encouragea à rentrer dans le bled pour se protéger de cette sorcière destructrice d'hommes. Tu comprends, la pauvre, c'est une loque, il vaut mieux l'éviter, prends ton mari et partez chez vous, au moins là-bas il n'y a pas de bar, pas de Katy, pas d'alcool. Ton mari s'ennuie, depuis qu'il ne travaille plus il est tout le temps fourré chez cette femme qui fait pitié, mais toi, si tu veux récupérer ton homme, prends les choses en main et en avant. Tiens ce talisman, mets-le dans ton sac, prends cet autre, couds-le dans la poche intérieure de la veste de Brahim. En principe ça devrait vous aider tous les deux. Mais, comme tu sais, tout est entre les mains de Dieu le Tout-Puissant !

Brahim refusa de suivre sa femme, découvrit le bout de tissu cousu dans sa veste, le déchira, le jeta par terre et le piétina. Tu as voulu me jeter un sort, eh bien, ton sort, je pisse dessus, va, pars, rentre chez tes parents, laisse-moi seul, je suis fatigué…

Brahim se retrouva tout seul dans leur appartement vidé à moitié. La vaisselle s'entassait dans la cuisine. Le linge s'accumulait dans un coin du salon. Sa femme avait emporté les photos de la famille. Il restait, accrochée au mur, la photo d'un paysage sous la neige, peut-être des montagnes suisses ou canadiennes ; ça faisait joli dans cet appartement où plus rien ne subsistait du pays natal. Ses deux enfants travaillaient à l'étranger. Ils appelaient de temps en temps. Le téléphone était coupé. Les factures non payées, les lettres non ouvertes. Brahim se laissait de plus en plus aller, il eut une crise de foie, il eut mal partout, il criait de douleur, les voisins appelèrent un médecin qui l'hospitalisa. Il réclamait ses enfants dont les numéros de téléphone figuraient dans un carnet dont il ne trouvait pas trace. La douleur si forte lui fit perdre la mémoire du moment. Mohamed lui rendit visite ; il était d'une pâleur effrayante ; amaigri, les yeux jaunes, les lèvres sèches, Brahim n'avait plus envie de vivre. Mohamed lui dit que c'était interdit par leur religion. Il lui récita quelques versets qu'il connaissait par cœur, lui serra le bras tout en se penchant sur lui pour lui baiser le front. Quand il se releva, les larmes coulaient sur ses joues. Il resta un moment et s'en alla en pensant à sa propre mort. Tant de solitude, tant d'ingratitude, tant de silence le laissèrent sans voix. Mais où sont passés les frères, les amis, les compagnons d'infortune ? Est-ce ainsi que les immigrés prennent congé du monde ? Cette solitude avait une odeur de médicament mélangée avec quelque puanteur venue d'ailleurs, quelque chose qui rôde autour de cette population dont personne n'a prévu comment elle se retirerait de la vie.

# 7

Mohamed repensait à la retraite et ne se sentait pas bien. Quand la salive manquait, il buvait plusieurs verres d'eau. Ce n'était pas le diabète qui attaquait son corps mais la retraite proche, l'idée de la retraite. Elle l'obsédait, lui faisait voir des images obscures. Il venait de recevoir de la banque Chaabi, l'agence de l'avenue de Clichy, le document renouvelant l'assurance pour « le rapatriement du corps », feuille que la banque envoie une fois par an. Il y voit un signe, une mauvaise coïncidence. La peur de mourir loin de son pays ne le quittait pas, il se voyait à la morgue, le corps recouvert d'un drap blanc, laissé là plusieurs jours, le temps de régler les problèmes administratifs, il se voyait ensuite dans un cercueil, rapatrié avec d'autres marchandises ; il voyait ses copains faire la quête pour aider la famille, il voyait tout dans le détail au point d'en attraper la chair de poule. Non, moi, je ne rentrerai pas dans une caisse, pas comme Brahim, non, je devancerai la mort et l'attendrai calmement au bled, je n'ai pas peur d'elle, je suis croyant et il n'arrivera que ce qu'a décidé Dieu, pour la mort seul

Dieu décide, ça j'en suis sûr, c'est écrit, je crois même que tout se décide pour nous la vingt-septième nuit du Ramadan, une nuit sacrée, meilleure que mille mois, alors pour la mort, je m'arrangerai pour éviter la caisse, même mourant je prendrai l'avion, moi qui déteste cet engin, je mourrai chez moi, pas chez des étrangers, des gens qui ne savent rien de ma religion, de mes traditions, vous me direz : et vos enfants ? Ah, là, j'ai mal, j'ai très mal. Non, mes enfants seront très tristes, mais est-ce qu'ils me ramèneraient au pays ? Est-ce qu'ils laveraient mon corps comme font les musulmans ? Si je suis enterré au bled, est-ce qu'ils viendront se recueillir sur ma tombe ? Peut-être au début, ensuite ils auront la flemme de faire le voyage pour voir une tombe avec plein de mauvaises herbes autour, des sacs en plastique, des bouteilles vides, du papier journal jetés là par des visiteurs n'ayant aucun sens civique ; ils sont nombreux les Marocains qui salissent les cimetières comme si les morts n'avaient pas droit à l'hygiène autour de leurs tombes. J'imagine mal mes enfants se réunir et se souvenir de leur père un vendredi juste avant la prière de midi, lever les mains jointes et lire quelques versets de la sourate « Al Baqara », demander à Dieu qu'Il soit miséricordieux avec mon âme ; je ne les vois pas prendre du temps sur leurs vacances pour faire ces gestes apparemment inutiles, ce qui ne veut pas dire qu'ils ne penseraient pas à moi, ils se souviendront de leur père de la manière qu'ils voudront mais ils s'en souviendront. Quand je vais sur les tombes de mes parents, je suis pris de frissons, je m'installe sur une grosse pierre et leur parle comme avant, je leur raconte ma vie, celle des gens qu'ils aimaient, je leur donne des détails, surtout à ma mère qui était très curieuse, je l'entends encore me faire préciser le nom de la fiancée de l'épicier et combien d'enfants a-t-il avec la première femme, je l'entends me demander si ma tante est toujours aussi avare et mauvaise, si ses enfants sont aussi profiteurs et sales, j'imagine tout ça et je souris. C'est un rituel que j'aime bien, je vais ensuite prier à la petite mosquée et je fais l'aumône. Arrêtons ces idées noires, mes enfants ne me quitteront jamais ! Je préfère ne pas envisager qu'ils m'oublient. L'année dernière on a enterré un pauvre Algérien à Bobigny, on a eu du mal à trouver une petite place dans le cimetière des musulmans, ses enfants ne voulaient pas envoyer le corps dans son bled, ils disaient que l'Algérie c'était plus leur pays, la France non plus, alors qu'importe le trou dans lequel on dépose le corps, de toute façon, ce qui compte, c'est l'âme, dès qu'elle quitte le corps elle s'en va chez Dieu, mais je n'aimerais pas laisser mon corps dans un trou français. C'est bête ce que je dis, mais si j'étais sûr que mes enfants viendraient souvent sur ma tombe si mon corps était enterré en France, pas de problème, je donnerais mon corps à Lalla Lafrance, je rendrais les choses plus simples pour eux ; j'insiste, idées noires ou grises, au fond de moi, j'aimerais bien qu'ils viennent jusqu'au bled pour réunir quelques lecteurs du Coran sur ma tombe, le vendredi de préférence, et qu'ils distribuent un peu de monnaie aux nombreux mendiants. Depuis quelque temps ce sont des Africains qui mendient aux abords des cimetières. Les pauvres, ils ont quitté leur pays pour aller travailler en Europe. Ils ont marché des jours et des nuits, puis on les a abandonnés. Ils mendient pour survivre. Ils sont discrets, certains sont gênés d'en être arrivés là. Depuis que je ne travaille plus je suis hanté par ces idées. La mort, m'a dit Hallab, celui qui se présente comme un imam, n'est rien, tu ne sens plus rien, c'est comme quand tu dors profondément. Je lui ai dit : si ce n'est rien, pourquoi fait-elle si peur à tout le monde ? Si tu es en paix avec toi-même, si tu n'as rien à te reprocher, tu seras heureux d'aller chez Dieu dont les cieux sont immenses, pleins de bonté et de miséricorde… Qu'est-ce qu'il en sait le brave Hallab ? Il répète ce que dit le Coran ; jamais je ne contredirai le Coran, mais j'avoue que des fois, la nuit, je me lève en sursaut, plein de sueur, et je vois la mort ; ce n'est pas un squelette muni d'un outil pour faucher les blés, ce n'est pas non plus une vieille dame habillée de noir, non, la mort est une odeur, une odeur forte, suffocante, qui arrive précédée d'une bise glacée, elle soulève les draps, parcourt le corps qui tremble de froid, les pieds s'engourdissent, se remplissent de fourmis et deviennent rigides ; la mort, je l'ai tellement imaginée qu'elle ne me jouera pas de mauvais tours ; je la connais, je l'ai vue sur le visage de Brahim, je sais à quoi elle ressemble et comment elle opère ; là, je me sens tranquille, je sais qu'elle est encore loin de ma chambre, loin de ma vie.

Hallab avait trouvé la solution : se faire passer pour un expert en religion. Alors la religion nous aide à quitter ce monde ? Évidemment, l'homme est faible, il n'est rien devant l'immensité de la grandeur divine.

Il me parlait, parlait, citait des vers de poésie islamique, et moi je n'arrivais pas à détacher ma pensée et mes yeux de cette caisse en mauvais bois dans laquelle on me mettrait si je mourais là. Depuis tout petit j'ai toujours entendu dire que nous appartenons à Allah et c'est à lui que nous retournons. C'est la formule qu'on prononce chaque fois qu'on enterre un musulman. Pour moi les choses sont simples. Je suis à Dieu, je suis son bien et il le reprend quand il veut. Il n'y a pas de quoi avoir peur ni à se sentir humilié, non, la mort n'est pas une humiliation même si elle nous met en colère, mais il faut savoir que notre colère c'est de la fumée qui s'en va, un peu de brume qui monte vers le ciel. Moi, c'est la maladie qui me fait peur. Souffrir avant de s'en aller, ça c'est insupportable. Et puis il est dit chez nous que le bon croyant, l'homme fidèle à Dieu, est souvent exposé à la souffrance et même à l'injustice : *Al mouminou moussab.* Je ne comprends pas pourquoi un bon musulman, intègre, droit, ne déviant jamais du chemin de Dieu souffrirait plus que les voyous. Et Dieu sait qu'ils sont nombreux et partout. Ils réussissent, gagnent de l'argent sans travailler, remplissent leur ventre des biens des autres, sont en bonne santé, mangent plus que les autres, disent : *Al Hamdou Lillah ! A Chokro Lillah !* puis rotent en étant très satisfaits d'eux-mêmes. Je les vois partout ces voleurs déguisés en hommes de bonne famille, ils sont légion, et rien ne leur arrive, pas même une petite migraine, une petite indisposition, ils dorment bien, font du sport et donnent le *zakate,* le dix pour cent que l'islam réserve aux nécessiteux. Je me souviendrai toujours du type qui était venu de Marrakech au nom, disait-il, de l'office de l'eau et de l'électricité pour ramasser l'argent nécessaire afin de procéder à l'installation des compteurs pour qu'enfin nos femmes et nos enfants puissent se laver à l'eau courante. Il avait ramassé une belle somme, nous avait donné des reçus, plein de paperasse avec l'en-tête du ministère et puis nous ne l'avons plus revu. Il était trapu, des yeux pleins de malice, souriant et riant aux éclats, parlant avec l'accent marrakchi. Il avait dans sa camionnette des compteurs comme échantillons. Nous sommes tous tombés dans le piège et il a recommencé la même comédie dans le village d'à côté. Il n'a jamais été arrêté. Mieux que ça : il m'a semblé l'avoir vu aux informations de la télé marocaine accompagner un ministre des Travaux publics. C'était bien lui, son rire, son visage écrasé, sa petite mouche sous le menton. C'était son signe distinctif. Le signe d'un rejeton de Satan. Je ne suis pas méchant, mais il m'arrive parfois de faire des rêves de vengeance, je suis un passionné de la justice, je ne supporte pas qu'on la détourne. Je verrais bien le trapu, le voleur, entre les mains des gendarmes, puis lâché au milieu du village où tout le monde se serait réuni pour exiger qu'il rende l'argent, je le verrais bien dépouillé puis jeté en prison pour toujours. Moi, je l'aurais exposé dans une cage sous le soleil, sans eau, sans nourriture, le temps qu'il apprenne ce que sont le manque, la souffrance au quotidien, l'absence d'eau. Mais Dieu le punira, enfin j'espère ! Ah, la justice divine ! Parfois elle est magnifique, survenant à temps pour démontrer que celui qui pille le peu de chose qu'ont les pauvres sera puni par Dieu et exposé aux regards de ses victimes. Mais ça ne se produit pas souvent ; il paraît qu'il faut avoir de la patience, que Dieu nous met à l'épreuve, apprendre à attendre, ne pas rendre le mal par le mal, mais il faut croire en sa justice, c'est Lui qui venge l'offensé, l'orphelin volé, trompé. Si je rencontrais ce Marrakchi trapu, hilare, si j'avais la possibilité de l'écraser avec ma vieille voiture, le ferais-je ? J'avoue que l'idée de le voir souffrir me tente, mais je perds la raison, les salauds, il vaut mieux les laisser entre les mains de Dieu.

À l'usine, les camarades français et portugais se réjouissaient d'arriver à ce jour où enfin ils allaient profiter de leur temps libre, faire des voyages, bricoler dans la maison, jardiner, lire et même travailler pour leur propre compte. Ils faisaient des plans, organisaient leur vie de « jeunes retraités ». Comme disait Marcel : à soixante ans, on est à peine aux deux tiers de notre vie, alors, on va pas s'enterrer ! Il faut vivre ! Marcel était arrivé en France juste après la guerre, il devait avoir une dizaine d'années. Grande gueule, bon vivant, bon buveur, il était redouté des chefs d'atelier. Il était d'origine polonaise, juif et athée, il avait de la sympathie pour la cause palestinienne et ne comprenait pas pourquoi les États arabes ne faisaient rien pour leurs frères dans les territoires occupés. Mohamed, qui se lamentait sur le sort fait aux Palestiniens, disait qu'il ne comprenait rien à la politique. Marcel se proposait de l'initier à la politique mais il se tenait à l'écart, la peur du Makhzen opérait même à des milliers de kilomètres du village. Ce fut en France qu'il entendit parler pour la première fois des droits de l'homme, ce fut là qu'il apprit aussi que dans son pays des hommes mouraient sous la torture ou moisissaient en prison sans avoir été jugés. Marcel le tenait au courant, il lui disait : ton pays est merveilleux mais il est entre les mains de gens pas très recommandables, la police marocaine a été formée par la française qui lui a appris comment torturer, mais le système marocain fonctionne sur la peur, même toi tu as peur, je te comprends, tu as peur d'être arrêté à ton retour, c'est la même chose en Algérie, en Tunisie, dès qu'on conteste la politique de répression, on est fiché et on t'attend à la frontière, c'est pour ça que les immigrés, ils bougent pas beaucoup, toi, tu te tais et je sais que ce qui se passe dans ton pays te fait mal.

Mohamed se rappelait l'école coranique et se perdait dans des souvenirs lointains. C'était une époque où tout était simple. On ne savait même pas qu'il y avait des routes, des immeubles, des lampadaires éclairant des rues où n'habitait personne. Le monde avait les dimensions de son village. Il avait du mal à imaginer d'autres lieux. La terre natale laisse toujours un arrière-goût amer dans la bouche. Celle de Mohamed est sèche, nue, sans rien et ce rien l'a suivi jusqu'en terre française. Ce rien comptait beaucoup.

Il n'avait pas le choix, il ne pouvait pas l'échanger contre un autre rien peut-être plus coloré, mieux nanti. Il s'en contentait avec patience et résignation. Il avait fini par ne plus se poser la question. Ce que faisait la police dans les commissariats, il ne pouvait pas se l'imaginer, c'était loin, dans la ville, et son village était à des années-lumière de la ville.

Avait-il envie de vivre comme un Français ? Il regardait ses camarades d'usine et n'enviait pas leur sort. Chacun sa vie, chacun sa façon de la conduire. Il ne les critiquait pas mais ne comprenait pas leur façon de traiter leurs parents et leurs enfants. L'esprit de famille tel qu'il le concevait n'avait plus cours en France. Ce décalage le choquait. Il ne comprenait pas pourquoi des filles fumaient et buvaient devant leurs parents, ni pourquoi elles sortaient le soir accompagnées de garçons. Il ne comprenait pas ces publicités représentant sur des panneaux immenses des femmes à moitié nues pour vendre un parfum ou une voiture. Il avait surtout peur pour sa propre famille. Il en parlait avec ses copains. Ils soupiraient, levaient les bras en l'air et se résignaient. Que faire ?

Il invita un dimanche Marcel à manger à la maison. C'était un jour de fête. Mohamed lui dit : tu viens avec ta femme mais sans tes bouteilles de vin ! Marcel accepta de se passer de vin et s'empiffra des bonnes choses préparées par la femme de Mohamed. Il aimait lui dire : le temps c'est nous, ce n'est pas le cadran de la montre, non, c'est toi qui fais le temps, tu fermes les yeux et tu es dans le passé, tu les fermes encore et tu te projettes dans le futur, quand tu décides de les ouvrir, pas de mystère, tu es dans le présent, celui qui est aussi mince qu'une feuille de cigarette, tu vois ce que je veux dire ?

Avant le regroupement familial, juste après les cours, certains allaient voir des femmes installées dans des caravanes ; ils attendaient leur tour, avaient honte. Mohamed avait toujours refusé ce genre de distractions. Il avait peur des maladies et puis de ce que diraient les gens, les voisins, les camarades. Là, il y avait un brouillard, une espèce de rideau tombé sur une fin de journée, un dimanche où l'ennui prit la forme d'un instinct qu'il jugeait bestial. Il fut entraîné par un copain dont il a oublié le nom qui lui disait : attention, si tu ne vides pas de temps en temps tes couilles, ça monte au cerveau et tu deviendras aveugle ; une autre fois, il lui dit : même notre religion nous autorise à vider nos couilles, il faut juste faire un papier et le déchirer ensuite, tu sais, ce qu'on appelle le mariage de plaisir, tu te maries le temps d'une fornication et ensuite tu divorces et tu es en règle avec Dieu et la morale. Mohamed riait en douce et suivait le copain bavard. Ce dimanche-là, il n'y avait presque pas de queue devant le petit appartement de Suzy. Un peu grosse, tout ce qu'il y a de plus vulgaire, on aurait dit qu'elle se forçait à exagérer son apparence, comme si cela faisait partie du personnage et de la passe, mais elle était tellement gentille, humaine, qu'on oubliait ses joues trop fardées, son parfum à couper le souffle et sa voix rauque travaillée par la cigarette et l'alcool. Ses yeux bougeaient tout le temps et son regard restait dans le vague. Elle était là et ailleurs. Elle savait que son travail était particulier et qu'elle le faisait en attendant la retraite, une retraite anticipée car elle n'en pouvait plus d'ouvrir les jambes et de presser des couilles immigrées. Elle les aimait bien, et disait même qu'elle était émue par leur timidité, par leur maladresse. Le copain expliquait la chose avec précision : tu entres, tu lui souris, elle aime les hommes qui sourient, tu commences par mettre le billet de cent francs dans un bol posé sur la table de chevet, dans ce bol il y a des bonbons à l'anis, d'autres à la menthe, ce sont mes préférés, tu en prends un, c'est pour rendre l'haleine agréable, en même temps tu prendras un truc en plastique très fin, une capote anglaise, on l'appelle ainsi parce qu'elle protège des maladies et des mauvaises pluies ; ensuite tu te mets au lit et tu te laisses faire, elle est experte, rapide, efficace ; elle a une technique fantastique pour vider les couilles en quelques minutes ; tu verras, tu te sentiras beaucoup mieux ; en principe, si tu ne sais pas mettre le truc en plastique, elle s'en chargera, ne t'en fais pas, après tu remercieras ton pote !

De nouveau le brouillard. Mohamed baissa la tête, essaya de chasser ces images d'un temps très ancien. Il se souvint tout de même que Suzy avait été très bonne avec lui mais il n'était plus revenu la voir.

Il associait ce souvenir à un autre plus désagréable, vécu comme une humiliation. Quand il eut cinquante ans, le médecin du travail, le docteur Garcia, lui dit brutalement : Mohamed, tu te lèves souvent la nuit pour pisser ? Alors tu dois avoir des problèmes de prostate, il va falloir examiner ça.

Le jour de la visite, le médecin lui dit d'enlever son pantalon ainsi que son slip et de se prosterner comme s'il priait. Il ne bougea pas et fit non de la tête. Le médecin s'impatientait, fit mine de comprendre puis lui dit : je sais, ce n'est pas facile, la pudeur, la *hchouma* je connais, mais il faut que je t'examine, je ne peux pas le faire de loin, fais-moi confiance, ça dure trente secondes puis c'est fini, ça ne fait même pas mal ; il aurait voulu lui dire que ce n'est pas une question de douleur physique, mais il n'a jamais montré son derrière à personne ; au bout d'un moment, Mohamed ferma les yeux, baissa rapidement son pantalon puis son slip et se pencha. Le médecin lui demanda de se pencher davantage. Mohamed fit un effort, la rage au cœur. Le médecin fit un toucher rectal. C'est bon, ta prostate a la taille normale pour ton âge, mais il faut me surveiller ça, n'est-ce pas Mohamed. On se reverra dans un an.

En sortant de là, il marchait en regardant le sol. Il s'en voulait et regrettait de ne pas avoir demandé au docteur Garcia de l'anesthésier pour cet examen. Il n'apprécia pas qu'il lui ait dit de se prosterner comme il faisait pour la prière. Il ne supporta pas qu'un doigt se soit introduit dans son anus. Il n'en parla à personne et ne s'occupa jamais de sa prostate.

# 8

Le temps. Il n'avait que faire du temps ; le temps c'était son ennemi, celui qui allait le mettre pour la première fois nu devant lui-même et devant les siens. Il le comparait à une corde longue et qui ne tient pas toujours. Une corde qui s'effiloche, perdant ses nœuds, qui pendouille au bout d'une canne. Un linceul dont la blancheur n'est qu'une illusion. Le temps ne pouvait qu'être trop long, pénible, sans lumière, sans joie, une ligne qui monte et descend, un air plein de poussière. Le temps avait plusieurs visages, c'était un traître qui allait doucement le briser puis l'achever comme il l'avait fait avec son copain Brahim. Il ne savait ni bricoler ni jardiner, quant au voyage, le seul qu'il ait fait toute sa vie, en dehors du pèlerinage à La Mecque, c'était celui qui le ramenait de France jusqu'à son village dans le Sud marocain. Comme il disait, il traçait les deux mille huit cent quatre-vingt-deux kilomètres en moins de quarante-huit heures. Il mangeait le temps sans excès de vitesse. Il voulait être plus fort que lui, plus rapide. C'était une performance, un défi. Il se mettait en tête qu'il allait le battre, y faire des trous, le regarder en face et rire un bon coup, lui qui avait perdu l'habitude de rire. Il aimait la fatigue de l'après-voyage, une lourde et belle fatigue, celle du devoir bien accompli, celle de la défaite du temps, car une fois au bled, il ne se souciait guère de cet élément. Il se sentait en sécurité, en totale sécurité. Rien ne le dérangeait, personne ne le contrariait. Il dormait ensuite toute la journée et toute la nuit. À cause de ses petits problèmes prostatiques, son long sommeil était interrompu deux à trois fois par nuit. En se levant pour pisser, il repensait au docteur Garcia et à l'humiliation qu'il avait subie. Il ne comprenait pas pourquoi il lui introduisait le doigt dans l'anus pour avoir des nouvelles de sa prostate. Il se disait : pourquoi n'utilise-t-il pas une radio ; avec ça, on voit tout. Il doit être vicieux ce Garcia. La honte ! Il valait mieux l'oublier. Il se souvint de Khalid, le fils de son cousin qui partit un jour avec un touriste canadien. La rumeur disait qu'il était presque une fille et qu'il se cachait parce qu'on considérait ça comme une tare. Des garçons se moquaient de lui et on dit même que certains avaient abusé de lui derrière la petite montagne. Le pauvre Khalid disparut et on n'eut plus de ses nouvelles. On disait qu'il vivait avec un homme. L'horreur absolue ! Ses parents préféraient prétendre qu'il était malade et qu'il se soignait en Amérique. Le fait qu'il leur envoyait des mandats les mettait dans l'embarras. Un jour son père a hurlé : je n'ai pas de fils, Khalid n'est pas mon fils ! C'est un bâtard que j'ai voulu adopter, mais l'islam a raison, l'adoption est interdite, j'ai été puni !

Chaque retour était un événement dans le bled. Une fois arrivé, il oubliait qu'il détestait les bagages encombrants. Il aimait cette atmosphère, cette joie sur le visage des enfants qui attendaient des cadeaux, il aimait ces retrouvailles avec les vieux, avec les membres d'une immense famille qui le regardaient avec des yeux pleins d'envie. La famille c'était la tribu. De l'extérieur, elle apparaissait comme une glu envahissante. Les portes des maisons ne fermaient pas. De toute façon, si on verrouillait les portes, les gens de la tribu rentreraient par les fenêtres ou à partir de la terrasse. La tribu ne respectait pas les limites, elle était chez elle partout dans le village. Non seulement tout le monde se connaît, mais les uns interviennent dans les affaires des autres. C'est une grande famille organisée de manière archaïque, gouvernée par les traditions et les superstitions. Mohamed n'y pouvait rien, c'était inscrit dans le sang : on n'échappe pas aux origines. Il n'était même pas gêné par le comportement de certains membres de la tribu. Son neveu avait construit une maison sur un terrain lui appartenant. Il ne le réclama pas. C'était cela la famille. Mourad, son fils aîné, avait protesté. Il le fit taire en lui rappelant que la famille c'est sacré, qu'on ne se dispute pas pour un bout de terre… Le fils répliqua : il faut se battre quand on vous prend votre bien ; neveu, cousin ou frère, si on me pique mon terrain, je ferai tout pour le récupérer, je ne comprends pas ce genre de solidarité à sens unique, tu crois que lui t'aurait laissé t'emparer de son bien ? J'en doute. Mohamed était faible devant la tribu. Il savait que ses protestations n'aboutiraient à rien. On ne se bat pas contre des siècles d'habitudes. Ses enfants étaient loin de tout ça. Et puis personne ne comprendrait pourquoi Mohamed n'était pas content. La tribu c'est la tribu. On ne discute pas. On ne la critique pas. Nous ne sommes pas des Européens. La famille c'est sacré ! C'est comme ça, et puis c'est tout. Il s'arrêta un instant et se mit à réfléchir à voix haute : mais les Européens aiment leurs familles ; ils font la fête à Noël, se réunissent, se parlent, chantent. J'ai passé une fois la soirée de Noël chez Marcel. Mais ils boivent trop et, ça, je n'aime pas, tout le monde boit, les enfants boivent et se saoulent avec leurs parents. Je n'ai rien dit, mais j'avais peur que mes petits deviennent un jour comme ceux de Marcel. Ils ont leurs habitudes, nous avons les nôtres ; nous ne sommes pas obligés de faire tous la même chose. La France c'est mon lieu de travail, l'usine, les odeurs de plastique, du pétrole et de la peinture dont je m'occupais sur la chaîne de la taule. Mon père sentait la sueur et la poussière de la terre travaillée. Moi je sentais de la chimie, quelque chose de métallique et en même temps de suffocant. Je m'étais habitué à cette odeur. Mes enfants ne venaient pas se blottir dans mes bras pour la sentir. Ils me faisaient la bise et me disaient : salut pa ! Aïe ! Salut pa ! Moi j'embrassais les mains de mes parents et insistais pour qu'ils me bénissent et me pardonnent au cas où j'aurais fait quelque chose de mal. Salut pa ! Oui, salut fiston !

Quand ses enfants étaient encore petits, ils venaient avec lui au bled. Ils s'amusaient, jouaient avec les bêtes, lançaient des boyaux pourris de poulets aux chats pour les capturer ; ils fabriquaient des jouets avec n'importe quoi, avaient une imagination diabolique. Ils étaient très turbulents, agaçants, gâtés et sans retenue. Les voisins disaient : ils ne sont pas bien élevés, ils ne respectent rien ni personne, c'est la France qui les a rendus comme ça, ou bien ce sont les parents qui se sont laissé marcher sur les pieds ? Mais les parents ne supportaient pas qu'on critique leurs rejetons ; ils mettaient cette hyperagitation sur le compte des vacances. Les enfants, eux, ne s'imaginaient même pas faire vraiment partie de ce clan tentaculaire. Ils se débrouillaient comme ils pouvaient, mangeaient chez les uns ou chez les autres. Toutes les maisons leur étaient ouvertes. Personne ne trouvait cela anormal. Ils aimaient le vieil oncle qui disait avoir cent ans grâce au miel pur. Ils le croyaient et se faisaient des tartines à longueur de journée. L'un des enfants avait dit à son père que c'était presque aussi bon que le Nutella ! Au bout d'une semaine, ils s'ennuyaient, devenaient agressifs, réclamaient d'aller sur les plages d'Agadir. Mohamed les emmenait, les gardait et les attendait dans un café. Le soir, il les ramenait au bled. Il était las, mais il ne pouvait rien leur refuser. Un jour sa sœur aînée, Fattouma, lui dit : mais fous-leur des claques, ils sont mal élevés ces gamins, quand ils viennent ici, ils perturbent nos enfants, leur apprennent des choses qui me choquent, c'est ça, ce sont des petits Françaouis, mon

Dieu, mon petit frère nous a fait de petits chrétiens, des étrangers…

Et puis il y avait le petit Nabile qui courait partout, tombait souvent, se faisait mal mais ne pleurait pas. Sa mère Fattouma l'appelait tantôt *Malak*, tantôt *Baraka*, Ange et Don de Dieu. Elle disait autour d'elle : c'est un enfant pas comme les autres, Dieu nous l'a envoyé, signe de délivrance et de prospérité à venir. Il faut le laisser faire ce qu'il veut. Il ne sait pas ce que c'est que le mal. Pour lui, tout le monde est bon. À deux ans il a marché, à trois ans il a parlé, on ne comprenait pas ce qu'il disait mais on devinait ce qu'il voulait dire, il faisait des signes, des gestes précis pour s'exprimer. La sage-femme m'avait dit que j'avais mangé trop d'ail, c'est pour ça que Nabile était né différent des autres. Une fois à l'hôpital de Marrakech, un jeune médecin essaya de m'expliquer, il me disait des choses que je ne comprenais pas : tu es trop âgée pour enfanter, cet enfant, tu n'aurais pas dû le faire, à présent il faudra vivre avec son retard, il n'est pas méchant, il est même très affectueux, mais ça sera fatigant ; il m'expliqua en faisant un dessin, une sorte de branche avec vingt-trois rangées de feuilles à droite et à gauche, puis il a souligné la vingt et unième branche en me disant : tu vois, là, il y a trois feuilles, c'est une feuille en trop, c'est ce petit trop qui fait problème. J'ai gardé le dessin, j'attends que mon fils aîné revienne de l'université pour qu'il me l'explique.

Nabile est unique. Après l'école coranique où il n'a rien appris, j'ai accepté de le donner à mon frère, il l'a mis sur son état civil comme si c'était son propre fils, le mokaddem, le chef administratif du village, lui a arrangé ça, et il l'a emmené en France, il va dans une école où une classe est réservée à des enfants comme lui. Il aime l'école. Il apprend la musique, fait du théâtre et pratique plusieurs sports. Si je l'avais gardé avec moi, il serait devenu de plus en plus malade et moi je serais devenue folle. Heureusement que Mohamed l'a pris avec lui. Aujourd'hui c'est un grand jeune homme, élégant, drôle et intelligent. Quand il revient en vacances, il m'apporte des cadeaux et m'aide à arranger la maison. Il est solide et surtout très affectueux. C'est un ange, une baraka de Dieu. La dernière fois, il a insisté pour que je l'accompagne en France. Je lui ai dit : je n'ai ni passeport ni visa ni argent. Il ne comprenait pas. Il a pris un cahier, a gribouillé quelque chose et me l'a donné en disant : tiens, bassbor, isa et moi avec toi. Il m'a fait pleurer. Je l'ai serré contre moi et j'ai senti ses larmes couler dans mon cou.

Le temps. Tout jeune, Mohamed avait des problèmes avec le temps. Il ne savait pas ce qu'il représentait, le situait par rapport à des événements majeurs dans l'année, avait du mal à vivre selon la montre. Il n'en avait pas. La journée était divisée selon les cinq prières. La montre c'était le soleil et son ombre. Cependant il lui arrivait de sentir tout son poids, d'imaginer le temps comme un fardeau sur le dos d'un vieil homme marchant avec difficulté. Pour tuer le temps, il donnait des coups de pied dans le fardeau imaginaire ; il labourait la terre avec une lenteur particulière. Quand il allait à la mosquée, il faisait plusieurs fois la même prière. Les bêtes avaient de meilleures relations avec le temps, du moins avec le lever et le coucher du soleil. Lui se référait aux cinq prières quotidiennes et tentait de combler le vide entre elles. Il faisait comme les autres et considérait que le temps n'était rien d'autre qu'une invention des gens pressés. Il ne comprenait pas pourquoi on disait : le temps c'est de l'argent. À ce compte-là, il se considérait riche. Un jour, son cousin, celui qui boitait depuis un accident de travail en Belgique, lui proposa d'ouvrir une boutique sur la route de Marrakech pour vendre du temps. Comment tu vas faire ? C'est simple, je vends aux touristes le temps qui est trop abondant chez nous ; je les connais bien, je les ai fréquentés en Europe, je leur dirai : venez chez nous, vous aurez beaucoup de temps devant vous, il n'y a rien à faire, vous vous reposerez, vous ne regarderez plus la montre et, à la fin de la journée, vous vous demanderez où est passé le temps. Voilà, c'est malin, si tu m'aides, on pourra faire fortune ! Mohamed lui dit : le temps c'est du vent, c'est de la poussière dans l'air, c'est le soleil, c'est la lune, les étoiles et Joha, tu sais, celui qui jouait à l'idiot et nous faisait rire quand on était petits ; il rit un bon moment puis oublia le cousin et ses projets fantaisistes. Une autre fois, il lui proposa de vendre aux étrangers des souvenirs clés en main. C'est quoi cette histoire ? C'est simple. Pour lui tout est simple. On fait venir les touristes jusqu'au village, on les invite à prendre le thé, on passe un peu de temps avec eux, on appelle le Hadj centenaire qui leur lira les lignes de la main, moi, je traduirai, et puis ils donneront un peu d'argent en échange d'un petit morceau de peau de brebis qui leur rappellera cette visite. C'est ça le souvenir. Plus le morceau de peau est grand, plus le souvenir est important. Tu n'es pas marrant, tu doutes tout le temps. Avec toi, on ne pourra pas faire des affaires. J'ai une autre idée, là, tu ne pourras pas ne pas être d'accord, voilà, j'ai vu à la télé des gens riches, des Françaouis ou Spagnoulis qui viennent vivre avec les paysans pauvres, ça les change de leurs immeubles, des voitures et de tout ce que nous n'avons pas ; alors on va vendre le bled, ce sera un village de vacances pour personnes riches et fatiguées d'être riches ; ces gens viendront chez nous pour faire l'expérience du rien. Nous on n'a rien, ni eau ni électricité, rien de rien, alors ils vont vivre comme vivaient leurs très anciens ancêtres, ils iront au puits, utiliseront des bougies, mangeront ce qu'il y a et n'auront pas le droit de protester, et ils payeront pour ça ! De plus en plus de retraités viennent s'installer au Maroc ; tu comprends, un couple ça fait deux retraites, deux mandats mensuels, de quoi vivre comme un ministre, mieux qu'un ministre, alors nous on cherchera nos clients parmi ces retraités heureux. Ce n'est pas une bonne idée ? Il faut aller à Marrakech ou à Agadir pour que les journaux publient cette annonce… Quand j'étais à Monts, j'ai connu des Belges qui, à leur retraite, étaient partis en Inde rejoindre un maître à blabla, tu sais, le genre de mec avec une longue barbe, très maigre, assis les jambes croisées sur une natte pas confortable du tout, les yeux ailleurs pendant que les Européens sont à ses pieds buvant ses silences comme si c'était un prophète qui les bénissait. Tu te rends compte, ils sont prêts à gober n'importe quoi, moi, j'appelle le Hadj centenaire, je l'habille avec une belle gandoura en soie blanche, je teins sa longue barbe avec du henné, je lui donne un chapelet et le présente comme le maître de la patience et du silence, ça marchera, ils viendront par centaines juste pour sentir son parfum et prendre exemple sur sa sérénité, on leur dira que le Hadj est en communication avec ce qui nous attend tous, l'au-delà, sauf que lui sait nous préparer à entrer dans cet autre monde, tu lis avec ça quelques versets du Coran, tu brûles l'encens des herbes acheté à Pa Brahim sur la place Jamaa el Fna à Marrakech et le tour est joué ! Non, ça ne t'intéresse pas ! Tu fais la moue. Tant pis pour toi, j'irai vendre mon idée à un de ces bandits de Marrakech, tu sais, le genre de mec qui avait réussi à vendre la mosquée du quartier à une touriste américaine, il lui avait fait croire que c'était un ryad, le lui faisait visiter entre les prières, elle avait gobé la chose et lui avait donné une belle avance en dollars, pas un chèque, non, des liasses de billets verts. Quand elle revint six mois plus tard, elle eut tellement honte d'avoir marché dans cette combine qu'elle éclata de rire et de colère ; elle quitta la ville en disant : ils sont forts et fourbes ces Marocains ! L'histoire fit le tour de la ville au désespoir de l'escroc qui avait d'autres projets aussi juteux que celui de la mosquée. Il avait déjà vendu plusieurs fois le même terrain, comme il avait installé au centre-ville un parcmètre qui lui rapportait un peu d'argent. Un jour il réussit même à fourguer un caftan de sa femme en le faisant passer pour une pièce unique du dix-neuvième siècle. Il arrivait toujours à trouver des pigeons pour ses magouilles.

# 9

Lorsque le 5 septembre 1962 le mokaddem, habillé tout en blanc, l'air sérieux et cérémonieux, vint chez Mohamed et lui remit son passeport en lui disant qu'il avait quarante-huit heures pour le grand départ, celui-ci eut du mal à réaliser combien de temps il avait devant lui avant de quitter le village. Ils burent du thé, mangèrent quelques crêpes au miel puis se saluèrent comme si c'était le jour le plus important dans sa vie. Mohamed montra à sa femme le précieux document : avec ça, je ferai de toi une reine et notre fils sera prince ! Quand elle lui demanda la date du départ, il bredouilla : ce sera tôt le matin. Cette nuit-là personne ne dormit. Les femmes ont préparé des crêpes au miel, de la viande séchée, des figues, des dattes. Mohamed et les autres passèrent une bonne partie de la soirée au bain. Ils se préparèrent comme s'ils partaient à La Mecque ou allaient se marier. Après la prière de l'aube, ils quittèrent le village à pied et montèrent dans une camionnette en bien mauvais état qui les emmena à Marrakech où ils prirent la Satiame, un autocar de la société CTM.

Ils étaient une vingtaine d'hommes dont certains venaient des villages voisins. Le temps passait si vite que Mohamed n'y pensait même plus. Il était devenu léger, agile et indifférent au temps même si une petite peur de l'inconnu pointait à l'horizon. En fait il ne savait plus où se situer. Le groupe était guidé par un ancien, quelqu'un qui avait l'habitude de faire ce voyage. Il leur disait : retenez bien ceci, partout où vous irez, quel que soit le travail que vous ferez, une chose est sûre, le Maroc ne vous lâchera jamais, il sera toujours avec vous, impossible de l'oublier, le Maroc émigre avec vous, il vous suit, vous guide et vous protège ; il vous collera à la peau ; il ne faut pas se décourager, quand le pays vous manquera, n'hésitez pas à en parler avec votre compatriote ; vous verrez, c'est très bien Lafrance, moi je dis Lalla França, je sais, ce n'est pas une princesse, ni une chérifa, mais elle nous donne du travail et nous sommes contents ; vous aurez froid mais, dans le bled, il fait aussi froid l'hiver ; là-bas, pas d'amis, on sera toujours ensemble, parce que nous sommes juste des invités, des gens invités pour faire des choses dures, eux ils ne les font plus, mais nous, nous sommes forts, en bonne santé, et on va leur démontrer qu'un Berbère ne craint ni le froid ni la neige ni la fatigue, là-bas, pas le temps pour la fatigue, vous verrez, les anciens vous raconteront des choses mais ne les écoutez pas, faites le boulot et rien que le boulot, Lalla França paye bien, mais il ne faut pas croire que le dimanche vous serez invités à manger chez les gens, ça, non, jamais, car là-bas chacun est dans sa maison, la porte est fermée, les fenêtres aussi, mais c'est comme ça, il n'y a rien à dire ! C'est leur façon de vivre, ils ne viendront jamais vous déranger, frapper à votre porte pour demander du sel ou de l'huile, non, ça ne se fait pas, chacun chez soi et tout le monde est tranquille. L'hospitalité ce n'est pas fréquent là-bas, nous, l'hospitalité fait partie de notre façon de vivre, c'est notre qualité et aussi il arrive qu'on exagère, nos maisons sont ouvertes aux étrangers, c'est normal, c'est notre morale, notre religion, c'est à cause de ça qu'on a du mal à comprendre pourquoi les autres ne se comportent pas comme nous. Vous verrez, en arrivant vous serez perdus, il n'y a rien qui rappelle notre bled, rien, ni le climat ni les visages ni les paysages, rien. Il vaut mieux vous préparer à entrer dans un monde totalement inconnu, c'est comme dans un rêve où nous ne sommes plus nous-mêmes. Là-bas, vous aurez le médecin et les médicaments gratuits, c'est pas comme au bled où il n'y a même pas un infirmier qui passerait de temps en temps, quand je dis gratuit, ça veut dire qu'on cotise tous les mois, tout le monde cotise, comme on dit chez nous : la main dans la main et la main de Dieu au-dessus de toutes les mains, c'est comme ça que les Français ont compris la solidarité, si je ne craignais pas d'avoir des histoires, je dirais que ce sont presque des musulmans, enfin sachez, pour que tout se passe bien, ne vous mêlez pas de politique, restez à l'écart et n'intervenez jamais dans une bagarre. Respect, respect. Ils ne font pas de différence entre Tunisiens, Marocains et Algériens, pour eux nous sommes tous des Arabes, ils ne font pas de distinction entre un Arabe et un Berbère, ils ne savent rien de tout ça, alors faites attention. La France, ça ne sera jamais votre pays, ça c'est sûr ! La France c'est la France, un pays riche mais qui a besoin de nous comme nous on a besoin de lui.

En arrivant tôt le matin à Tanger, Mohamed eut honte de découvrir la mer si tard dans sa vie. Elle était d'un bleu limpide, calme, recevant les premiers rayons du soleil qui en faisaient un miroir vivant. La gare se trouvait entre la plage et le port. Des enfants traversaient la voie tout en faisant des gestes obscènes à la locomotive. Mohamed était en même temps ravi. La mer, il n'en avait même pas entendu parler. Il savait qu'Agadir était au bord de la mer mais il n'y avait jamais été. Il eut le temps d'aller marcher sur le sable et même de goûter l'eau de mer. Il avait vingt ans et n'avait jamais touché du doigt la mer. Il se comportait comme un enfant, jouait avec le sable, barbotait dans l'eau, s'en mettait dans les cheveux, sur le visage. C'était une belle journée. Il acheta chez un marchand ambulant une bouteille de Coca, la but puis la remplit d'eau de mer et l'emporta avec lui. Il savait qu'il ne pouvait pas la boire, mais pour lui c'était un souvenir, cela lui rappellerait ce jour particulier où il découvrit la mer, toute la mer. Ses compagnons se moquèrent de lui. Il riait. Ils ne pouvaient pas comprendre, surtout que certains venaient de Casablanca et de Bouznica, petite cité donnant directement sur la mer Atlantique. La traversée en bateau fut longue et agitée car le vent d'est s'était levé vers midi. Au port d'Algésiras, il fut impressionné par le nombre de policiers. Ils étaient soupçonneux, agressifs, circulant entre les voyageurs en compagnie de chiens portant une muselière sur la gueule. Ils faisaient ouvrir certaines valises, les vidaient brutalement et, n'y trouvant rien, laissaient leur contenu par terre et s'en allaient en rigolant disant des choses où le mot *moros* revenait souvent. L'Espagne lui parut à peine plus développée que le Maroc. Le voyage dans le train était interminable, tantôt la locomotive allait vite, tantôt elle ralentissait et s'arrêtait parce qu'il y avait des travaux. Il essayait de dormir sans y parvenir. Il marchait dans le couloir et voyait défiler les champs, les arbres, les maisons. Il repensait à ce que disait l'ancien, se préparait à s'installer dans un pays où, de toute façon, il serait seul. Il n'arrivait pas à s'imaginer qu'il n'allait pas retrouver la tribu, la famille, ce bled qui faisait partie de son corps et de tout de son être. Il sentait que quelque chose se détachait de lui, que plus le train avançait, plus le village qu'il avait quitté devenait minuscule jusqu'à disparaître entièrement. Quand il pensait aux siens, leur image devenait floue. Il ne savait pas qu'il était en train de passer d'un temps à un autre, d'une vie à une autre. Il changeait de siècle, de pays et d'habitudes. Il se disait que sa tête était trop petite pour accueillir tout ça, il allait et venait comme un animal dans une cage. Trop de choses nouvelles et inattendues. Trop de changements. Quand le train s'arrêtait au milieu d'un champ, il se sentait perdu et repensait à sa vie, une petite vie bien réglée. Il ne s'y passait rien de particulier. Il avait vu vivre ainsi son père et son grand-père et il était tout à fait naturel de poursuivre la même vie. Il n'était pas le premier de la tribu à émigrer. Il fut pris d'angoisse quand il se rendit compte qu'il devenait un TME, travailleur marocain à l'étranger. Avec le temps le TME s'est transformé en RME, résident marocain à l'étranger. Où était la différence ? Résident faisait plus noble. Mais le regard que l'on portait sur vous ne changeait pas.

Il avait gardé de son arrivée en France des images encore précises aujourd'hui, des murs gris presque noirs, des visages fermés, une foule dense qui marchait vite et ne disait rien, une odeur étrange de poussière et de mauvais parfum. Des gens de couleur balayaient les rues et les couloirs du métro. Des gens riches, d'autres apparemment moins riches mais tous dans des voitures presque neuves. De grands panneaux publicitaires exhibant des femmes peu vêtues, sur d'autres des animaux vantant la qualité des machines à laver le linge. Il ne comprenait pas ce que venaient faire ici des chiens et des chats. Il avait fallu qu'il marche sur une crotte pour s'apercevoir que les chiens étaient présents partout dans ce pays. Pourquoi une telle présence ? Chez lui un chien était forcément un intrus, une bête à chasser à coups de pierres. Si un chien ou un chat passait devant lui pendant qu'il faisait sa prière, il était obligé de l'annuler et de tout recommencer. Les animaux sont porteurs de germes néfastes pour le musulman. Il faut les éviter, d'ailleurs il n'y a pas de chiens au paradis. C'était ça Lalla França ! Une étrange promesse. Le temps avait enseveli cette population dont il n'arrivait pas à percer le mystère. Où vont tous ces hommes et toutes ces femmes ? Pourquoi sont-ils tous pressés ? Où sont leurs enfants, pourquoi tant de chiens, pourquoi ne se parlent-ils pas dans le bus ou dans le métro ? Ils s'ignorent les uns les autres, lisent des livres, des journaux et surtout ne se parlent pas. Il les observait et se demandait s'ils le voyaient. Non, pourquoi ferait-on attention à lui ? Qu'avait-il de particulier ? Il regarda le reflet de son visage dans la vitre du métro et sourit légèrement. À la station Saint-Lazare une femme immense, une Africaine habillée avec un tissu bariolé, monta avec une poussette où un beau bébé en bonne santé riait. Il était heureux et sa mère aussi. Elle ne se gênait pas. Elle sortit l'enfant de la poussette et lui donna le sein. Elle était chez elle. Les passagers la regardaient éberlués. Un sein immense couvrait presque la tête du bébé. Un sein encore ferme. Le bébé tétait et la mère lui parlait comme si elle était seule sous un arbre au milieu d'une place, dans son village. Mohamed envia un peu sa liberté. À l'aise et souriante. Cette femme était magnifique. Mohamed se mit à sourire. Elle le regarda et lui dit : bienvenue en France ! Comment savait-elle qu'il venait d'arriver ? Ça devait se voir à sa façon de se tenir, à l'inquiétude qui se lisait sur son visage. Il l'aida à sortir la poussette de la rame, l'accompagna jusqu'à la sortie. La femme le remercia en lui tapant sur le dos. Elle était forte. Mohamed était secoué et surtout perdu car il n'avait aucune idée du lieu où il se trouvait. Il était sorti juste pour faire quelques pas dans la ville, une façon de faire connaissance avec le pays. Il fallait rattraper la ligne allant vers Gennevilliers. Il regarda le plan du métro et se sentit encore plus perdu. Un jeune homme aux cheveux longs lui dit : où veux-tu te rendre ? Il lui montra un bout de papier où il y avait une adresse. « Cité de transit ». Il crut que la rue s'appelait ainsi. C'était un jour de semaine. Il n'y avait personne dans la cité. Un homme d'un certain âge marchait en s'appuyant sur une canne, un homme de mauvaise humeur. Il lui demanda : qu'est-ce que tu es venu faire dans ce pays ? Regarde-moi, accident de travail et pas de sous. Rentre chez toi, au moins là-bas tu seras avec les tiens, ta famille, ici pas de famille, pas de femme, pas de mosquée, rien, le travail, le travail et puis l'accident. Mauvais présage, se dit-il. L'autre continua son chemin en portant sur l'épaule son immense valise. Un Français lui indiqua sa chambre, si petite, si basse, si triste, avec des cloisons si fines qu'il entendait les voisins respirer. Il lui dit : chambre 38, voici la clé, attention pas de femmes, pas d'histoires, achète un cadenas contre le vol. Les toilettes, c'est là-bas, la douche aussi. Allez, Mokhamad, bienvenu ! Il sut plus tard qu'il appelait tous les immigrés Mokhamad.

# 10

À présent, il devait se lever, ranger le tapis de prière, refermer cette déchirure dans le mur, arrêter cette horloge devenue folle et annoncer à sa femme qu'à partir de demain ce serait le début de *lentraite*, la fin du travail, un changement de ses habitudes, une nouvelle vie. Comment lui dire tout ça ? Il faudrait la préparer, trouver le ton juste, les mots simples. Si je suis content, elle sera heureuse, si je m'apitoie sur mon sort, elle sera bien triste. C'était une grande nouvelle. Il n'avait pas l'habitude de lui parler de son travail. Tout en se disant cela, il se demandait : mais que ferai-je d'une nouvelle vie, j'aimais bien l'ancienne, je m'y suis bien habitué, je n'avais rien contre, je me levais et je partais à l'usine, c'était le travail, rien que du travail, et pourtant j'aimais bien ces gestes, ce départ tôt le matin, ma gamelle dans le sac. À quoi ressemblera une nouvelle vie ? Sera-t-elle en couleurs, sera-t-elle gaie ? Ou bien sera-t-elle terne et sans joie ? Je n'ai rien demandé. Je n'ai pas une tête à demander quoi que ce soit, à la rigueur je pourrais faire un effort pour demander mon chemin, où se trouve la mairie s'il vous plaît merci beaucoup excusez-moi de vous avoir dérangé…

D'après ses documents il avait atteint l'âge requis. Il se rappela un instant qu'il avait dû se vieillir de deux ans pour une histoire administrative dont le mokaddem avait le secret. Négocier avec l'entreprise ? Gagner deux années de travail à l'usine ? Gratter un peu, offrir même de travailler pour un salaire moindre, mais surtout ne pas se retrouver sans rien, sans travail, sans habitudes. Pourquoi interdire à un homme en bonne santé de travailler ? Ses papiers étaient maintenant impossibles à falsifier. Il risquerait même d'être poursuivi pour avoir menti. Il renonça à son idée. Il n'était pas le genre à frauder. Pas un mot à sa femme ni à ses enfants.

Comme d'habitude, il se leva tôt, fit ses ablutions puis sa prière, mit son bleu de travail, se prépara un thé qu'il but debout comme s'il était en retard, prit sa gamelle préparée par sa femme et quitta la maison en disant « à ce soir ». Il était sept heures du matin. En allant vers la gare, il trébucha deux ou trois fois. Une petite inquiétude le travaillait. Ce jour-là, il aurait dû faire la grasse matinée, prendre un bain, s'habiller comme un jour de fête et commencer sa nouvelle vie. Quelque chose en lui résistait. Il sentait que son destin avait quitté la ligne tracée depuis longtemps, une ligne droite, claire, digne. Il prit le train, reconnut des visages familiers, fit quelques sourires puis descendit à l'arrêt habituel. Il s'assit sur un banc et prit le temps de réfléchir. Que suis-je en train de faire ? Il faut que je me réveille. L'usine c'est fini. Je ne suis plus bon pour le travail à la chaîne. Je suis ridicule. Les gens vont se moquer de moi. Je serai un cas unique dans l'histoire de cette usine. On n'a jamais vu un ouvrier revenir travailler alors qu'il a la chance de partir à la retraite. Je ne cherche même pas à avoir de l'argent ; je pourrais être là, être utile au cas où un ouvrier se blesserait ou tomberait malade, je serais le remplaçant des absents, celui qui assure la continuité du boulot, on m'installerait dans un bureau et j'attendrais qu'on fasse appel à mes compétences. Cela ne s'était jamais vu ; les syndicats m'engueuleraient, ils me traiteraient de fou et de perturbateur. Non, je ne voudrais pas avoir d'histoire avec les syndicats, ils n'apprécient pas qu'on sorte du rang.

Aux abords de l'entrée de l'usine, Marcel, le délégué syndical, s'approcha de lui et lui dit qu'il l'enviait de partir à la retraite et d'avoir tout ce temps à lui maintenant. Mohamed sourit, il aurait voulu lui proposer de travailler à sa place, mais il répondit qu'il venait pour des questions administratives, qu'il était heureux de pouvoir profiter de ses enfants qu'il n'avait presque pas vus grandir. Il s'efforça de dire des banalités puis remercia Marcel pour sa gentillesse. Il s'arrêta devant le grand portail, laissa passer les autres, resta un bon moment à fixer le sol puis fit demi-tour. Il regarda une dernière fois le grand portail où il n'y avait à présent personne. Tout était désert. Il était triste, tellement triste que sa mémoire se bloqua sur le jour de son arrivée en France. Il avait du mal à marcher, sentait son corps défaillir puis se ressaisit, décida d'entrer dans le premier café et commanda un grand verre de lait. Il joua sur la table avec le cendrier plein de mégots, l'éloigna de lui puis se mit à faire des projets.

Il se dit que, dans un premier temps, il s'en irait quelques mois au Maroc mais ne ferait pas comme Hassan qui avait profité de *lentraite* pour prendre une deuxième épouse, évidemment jeune et jolie, et puis n'était plus revenu en France. Il lui avait promis de l'emmener « au pays des merveilles », mais Hassan n'eut pas le courage d'aller jusqu'au bout ; sa jeune femme tomba enceinte ; face à sa tribu qui le condamna sans appel, il dut aller vivre en ville. Il avait mis une croix sur son passé d'immigré et commençait une nouvelle vie dans des conditions difficiles.

Pour Mohamed le fait d'abandonner sa famille et de refaire sa vie dans le bled ne pouvait être qu'une suggestion de Satan. Satan aime séparer et détruire les familles. Dans sa tribu, on ne faisait pas ça, non, on n'abandonnait jamais la mère de ses enfants. Il ne regardait jamais les autres femmes. Il baissait les yeux quand il lui arrivait de parler de la sienne. Il ne la nommait pas, ne lui faisait pas de compliments, n'avait pas de gestes tendres à son égard, du moins publiquement. Il regardait à peine ses filles, ne leur disait jamais « que tu es belle, ma princesse ! » comme ce personnage de feuilleton libanais qu'il avait vu à la télévision.

Allait-il passer ses journées dans le café d'Areski le Kabyle ? Pour y faire quoi ? Jouer aux cartes ou aux dominos ? Il n'aimait aucun jeu. Boire de la bière ? Jamais. Regarder la télé, suivre les résultats des courses, rêver à ces filles à peine vêtues qui peuplent les séries américaines ? Cela ne l'intéressait pas. Au moment de quitter le café, Kader, un vieux copain, le héla : mais c'est mon ami, alors il paraît que tu es entré dans *lentraite*, ça y est, enfin libre, tu te rends compte, on te paye et tu ne travailles plus, c'est formidable, non ? C'est ça LA France ! Elle est reconnaissante, c'est formidable, c'est pas comme au bled : tu tombes malade, tu crèves ; tu vas à l'hôpital, tu dois acheter tes médicaments et même le fil pour recoudre ta peau ouverte pour l'opération ; si tu as de la chance tu t'en sors, sinon, tu y restes. Là, tu vois, tu travailles, bon, on ne gagne pas des millions, mais on gagne bien notre vie, et ensuite, quand tu es fatigué, on te donne *lentraite* et tu vis, tu peux toujours aller à l'hôpital, c'est gratuit et puis c'est du sérieux, ce qui est formidable dans ce pays où comme tu sais il y a du racisme, eh bien quand tu mets les pieds dans l'hôpital, tu es traité comme tout le monde, pas de racisme, je peux témoigner, d'ailleurs quand tu vas consulter, qu'est-ce que tu remarques : il y a plus de Noirs et d'Arabes qui attendent que des Françaouis, t'as vu, c'est pas mal, pas de racisme et puis tu ne payes pas, c'est ça LA France, ce pays, il faut lui rendre justice, quand même, il y a pas que des Lepen… Il faut fêter ça, tiens je te paye une gazeuze, moi grâce à Dieu et à La Mecque, je ne touche plus l'alcool, mais la cigarette, ça, c'est plus difficile, je n'y arrive pas, alors que vas-tu faire ? T'installer au bled, prendre une jolie fille comme deuxième épouse, tu as le droit, remarque tu fais ce que tu veux, sais-tu qu'Ammar à plus de soixante ans est de nouveau père, il a pris une gamine et lui a fait un gosse, tout est légal, mais ses enfants ne veulent plus le voir ni lui parler, c'est dur mais c'est sa faute, il aurait dû faire ça discrètement, et surtout ne pas l'engrosser, bon, je te laisse, à la prochaine, ah, j'ai oublié de te dire, j'ai ouvert une petite épicerie pas loin, je vends de tout, viens me voir un jour.

Il se souvint de quelle manière Rahma s'était vengée de son mari qui l'avait abandonnée pour refaire sa vie avec une brunette d'Agadir. Elle débarqua un jour à l'improviste avec ses cinq enfants, se fit passer pour la jeune sœur, s'installa dans l'appartement des nouveaux mariés et mit la jeune épouse devant le fait accompli. La petite prit peur et retourna chez ses parents qui réclamèrent du mari divorce et réparation. Évidemment il avait omis de dire qu'il était déjà marié. L'affaire fit grand bruit, le mari polygame dut accepter toutes les conditions de Rahma ; une fois de retour en France, après l'avoir battu sans laisser de traces, elle demanda le divorce pour polygamie. Il fut condamné à verser les trois quarts de sa retraite à sa femme et à ses enfants. Rahma, c'était une femme capable, forte, déterminée. On disait qu'elle battait son mari du temps où ils étaient voisins de Mohamed. Personne ne le croyait, dans ce milieu d'habitude c'est l'homme qui bat la femme, c'est ce qu'on dit, et puis Ammar, son mari, n'était pas du genre à se plaindre et à reconnaître qu'il se faisait corriger par son épouse. Elle lui prenait sa paye et lui donnait de temps en temps de quoi aller au café. Ses copains soupçonnaient quelque chose mais n'osaient pas lui en parler ; ils le voyaient malheureux, abîmé, éteint. C'était elle qui s'occupait de tout, lui rentrait de l'usine, mangeait et n'avait pas le droit d'aller dépenser l'argent de la famille dans des bars. Quand il osait protester, elle s'enfermait avec lui dans la chambre et le frappait avec le Grand Larousse des enfants. Elle avait dû en racheter un nouveau, l'autre était en piteux état. Elle était plus forte que lui physiquement, et c'était une femme assez primitive que rien n'arrêtait. Rien ne lui faisait peur. Elle avançait, sûre de son droit, balayait tout sur son chemin. Il avait pensé divorcer, mais c'était compliqué et puis ça ne se faisait pas dans sa tribu, Rahma étant une arrière-cousine. Personne ne l'aurait cru s'il avait avoué qu'elle le battait, alors il se taisait, subissait sans protester et, comme tous les faibles, choisit la fuite au lieu de la confrontation. Il s'était vengé en disparaissant après avoir laissé de l'argent en évidence sur la table de la cuisine. Il ne pensait pas qu'elle allait le rejoindre et lui casser son plan.

Mohamed souriait en pensant à l'homme battu ; il se mit à marcher, les poings serrés dans les poches. Il marchait le long de la route, les yeux baissés comme si c'était un exercice ordonné par le médecin. Il pensait à ses enfants et eut le sentiment de les avoir perdus. C'était davantage qu'un sentiment, une certitude, une très forte certitude. Il eut l'impression d'être jeté dans le vide, balancé dans le néant comme un sac plein de gravats. Un sac plein de choses qui ne servent plus à rien. Dans ce sac il y avait un rat mort depuis longtemps. Une puanteur insupportable s'en dégageait. Il se dit : je suis le sac et le rat, je suis les pierres et le fer rouillé, je suis l'animal que personne n'aime. Il se vit dégringoler dans une décharge, jeté là avec des objets abîmés, des pierres, des fils métalliques, de la poussière et soudain l'oubli. Il n'existe plus. Plus personne ne pense à lui, ne réclame sa présence. C'est fini, il est au bout du long chemin. Aucun de ses enfants n'est venu le récupérer dans cette décharge. Le rat se réveilla et vint gratter la jambe de Mohamed. Il sursauta, c'était une plante qu'il avait effleurée.

# 11

Son fils Mourad avait un bon poste dans un grand magasin, il avait épousé Maria, une Espagnole née comme lui en France mais dont les parents étaient retournés vivre à Séville. C'était un athlète, il aurait pu devenir footballeur mais il avait un souffle au cœur. Il avait fait des études de comptabilité et continuait à pratiquer plusieurs sports. Son plus grand désir : quitter cette banlieue, habiter à Paris et ne plus rien avoir à faire avec cette population. Il aimait bien ses parents mais il leur préférait sa liberté, cette indépendance qu'il avait conquise en travaillant même pendant qu'il étudiait. À son père il baisait la main et à sa mère le front. Signes de respect mais pas de soumission. Dès son premier salaire, Mourad décida d'en verser une petite partie à ses parents. Le père le remercia en lui disant qu'avec cet argent, il contribuait à la construction de la maison. Quelle maison ? Mohamed ne répondit pas, fit un geste vague puis s'en alla.

Depuis son mariage, Mourad ne passait plus ses vacances dans le bled, il préférait la maison de ses beaux-parents dans les Albujarras. Il se demandait pourquoi les Espagnols réussissaient mieux que les Marocains. Sa femme trouva une réponse qui le choqua : c'est à cause de la religion, à cause de l'islam ! Il s'emporta et réagit comme s'il était un imam, lui qui n'observait aucun rituel musulman. Maria essaya de s'expliquer en rappelant l'histoire du franquisme qui avait utilisé l'Église pour se maintenir. Mourad était blessé ; l'islam ne pouvait pas être source d'arriération. Maria précisa : aucune religion n'encourage l'évolution et la modernité. En fait il pensait à son père pour qui l'islam était plus qu'une religion, mais une morale, une culture, une identité.

Que serait mon père sans l'islam ? Un homme perdu. Le recours à la religion l'apaise. Il aime ses rituels. Il y trouve un bien-être, de la sérénité. Un jour son beau-père l'emmena visiter les palais et jardins de l'Alhambra à Grenade. Il fut fasciné par la beauté de l'architecture arabe. Ce sont vos ancêtres qui ont construit ces palais et ces lieux magnifiques. Cela fait longtemps, très longtemps. Quelle belle civilisation, une civilisation dont il ne reste rien, heureusement que nous sommes là pour préserver ces trésors.

Mourad était vexé, en même temps il ne pouvait pas contredire son beau-père. Que répondre à cela ? Que dire ?

Jamila, la cadette, avait passé outre l'opposition de ses parents et s'était mariée avec un Italien ; Mohamed ne la voyait plus. Ce fut douloureux pour lui qu'un non-musulman entre ainsi dans sa famille. Il fit comme si cette fille n'était plus la sienne. Au début il essaya de la raisonner mais Jamila était amoureuse, refusait toute discussion, se mettait dans des états de colère dont il n'avait pas l'habitude. C'est ma vie, pas la tienne, tu ne vas pas m'empêcher de vivre parce qu'on est musulmans ! Et puis c'est quoi cette religion qui permet à l'homme d'épouser une chrétienne ou une juive et qui interdit la réciproque pour les filles ? C'est quoi ? Tu penses que je serai plus heureuse avec un mec du bled, un de ces bledars pouilleux qui va m'enfermer pendant qu'il ira se saouler avec ses copains ? Non merci papa, réveille-toi, ma vie c'est moi qui la décide, toi tu peux donner ta bénédiction si tu veux, et si tu n'es pas d'accord, moi je ne pourrai rien contre cette connerie ! T'es malade, il faut te faire soigner ! Il baissait la tête et s'en allait, les larmes aux yeux. Sa femme le calmait en lui disant que ça ne tiendrait pas et qu'elle reviendrait vite à la maison. Il répétait, un peu hébété : mais c'est quoi être amoureuse ? C'est quoi cette histoire qui me tombe dessus comme une maison en ruine qui m'écrase le dos ? Est-ce que toi, moi, nous étions amoureux ? Je ne sais pas ce que cela veut dire, tu sais combien j'ai du mal à parler de ces choses-là, l'amour, on n'en discute pas, on voit ça au cinéma pas dans la vie ; être amoureuse ! Ça veut dire qu'elle est partie, elle est tombée par terre, c'est comme l'histoire de Fatiha tombée tout d'un coup avec un homme, elle n'a jamais remis les pieds dans le village, cet homme était un citadin, un type friqué, elle est partie avec lui tout en sachant qu'il était marié et père de cinq enfants ; non, ma fille, si elle suit cet étranger, elle ne revient plus chez nous, c'est fini, c'est lui ou nous, c'est lui ou son père ; je ne veux plus la voir, elle n'est plus ma fille, je vais la rayer du livret de famille, c'est fini, une fille que j'ai gâtée, à qui je ne refusais rien, m'amène à la maison un chrétien qui ne va jamais chez le coiffeur et réclame ma bénédiction. C'est impossible, c'est hors de question. Je ferai comme Louardi, lui aussi a refusé d'accepter que sa fille se marie avec un non-musulman. Il a eu raison. Un an après elle est revenue à la maison ; ça ne marche pas, nous sommes différents, trop différents. Quand sa femme lui rappela que Mourad s'était marié avec une chrétienne, il se mit en colère et cria : lui c'est un homme, et l'homme dirige la famille, cette chrétienne finira par entrer dans notre religion. On n'a jamais vu un chrétien se convertir sincèrement à l'islam pour se marier avec une musulmane. Ils font semblant, changent leur nom, disent la chahada puis n'en pensent pas moins. Non, c'est l'homme qui décide, pas la femme.

Jamila quitta la maison et plus personne ne prononçait son nom devant Mohamed. C'était une blessure qu'il n'arrivait pas à oublier.

Les deux autres garçons avaient d'eux-mêmes abandonné le lycée et travaillaient en province. Mohamed l'apprit le jour de la fête du mouton, l'Aïd-el-Kébir. Aucun de ses enfants n'était présent à part la petite Rekya et Nabile. C'est la première fois qu'il se rendit compte qu'ils avaient fait leur vie ailleurs sans que personne ne lui en parle. L'un des enfants était mécanicien dans un garage à Dreux, l'autre avait rejoint l'épicerie de son oncle à Compiègne. Il avait l'esprit commerçant et lui aussi envoyait de temps en temps un mandat à sa mère. L'appartement était devenu trop grand pour lui, sa femme, Nabile et Rekya, la petite dernière qui travaillait bien au lycée et se destinait à devenir vétérinaire. La famille s'était dispersée. Il se consolait en se disant : c'est ça la vie, on fait des enfants, on les gâte puis un jour ils s'en vont, à peine s'ils se souviennent de nous, mais que faire, si nous étions au village, ils seraient tous là, sous mes yeux, là, nous sommes dans un pays impitoyable, il faut lutter tout le temps pour vivre, pour respirer, pour dormir en paix. Il rêvait de réunir tout le monde et de faire une fête. Mais il était convaincu que ses enfants ne se déplaceraient pas. Alors il décida de tomber malade, gravement malade. C'était la solution. Ils viendraient lui dire adieu sur son lit d'hôpital. Mais il était superstitieux, on ne plaisante pas avec la maladie et la mort ni avec la volonté de Dieu. Toute son affection se portait désormais sur Rekya qui n'avait ni l'envie ni le temps de le consoler. Elle s'enfermait et révisait ses cours. Il se disait : au moins elle aura son bac et fera des études supérieures. Elle sera médecin des animaux et viendra me donner un coup de main à la ferme du bled. Il ne pouvait pas imaginer, encore moins accepter, que la vie de ses enfants lui échappe. Il n'oublierait jamais le cri et la colère de Jamila : t'es malade, il faut te faire soigner ! Aimer ses enfants, vouloir être aimé d'eux, être proche d'eux et vouloir leur bien, c'est ça être malade, c'est ça qu'il faut que je soigne ? Très bien, je vais me présenter chez un médecin de fous et je lui dirai : voilà, je suis malade parce que j'aime mes enfants ; quels médicaments dois-je prendre pour me soigner ? Dois-je avaler un sirop anti-amour familial, ou me foutre des suppositoires qui me feront oublier que j'ai cinq enfants dont une des filles est partie avec un étranger à notre culture, à notre religion et à notre bled ? Quel manque d'éducation ! Moi j'ai tout fait pour bien les éduquer, je ne sais pas d'où vient cette hargne contre les parents ; je ne crois pas qu'à l'école française on leur apprend à détester leurs parents, non, ce n'est pas l'école, je crois que c'est la télé, tous ces films américains ou français où les familles ne sont plus des familles, où les parents n'ont plus d'autorité… Me faire soigner ! C'est ça, je suis malade, très malade, et j'aime ça ! Un jour leur mère m'a dit : un père doit avoir de l'autorité sinon rien ne va plus. C'est quoi cette histoire d'autorité ? C'est faire peur, c'est être dur comme ceux qui battent leurs enfants puis les perdent parce qu'ils font des fugues, tombent dans la drogue et finissent en prison ou dans la morgue de l'hôpital municipal ? Moi, je pensais que l'autorité était naturelle, j'avais pas besoin de crier ni de répéter la même chose plusieurs fois. Mais quand des enfants ne vous écoutent pas, quand ils n'en font qu'à leur tête, alors on n'y peut rien. C'est comme ça et puis il n'y a rien à faire, il n'y a qu'à attendre que ça se passe en espérant qu'ils seront assez raisonnables pour ne pas faire de bêtises. Jamais mes enfants n'ont brûlé une voiture ou cassé des motos. Quand ça bouge dans la cité, ils sont les premiers à être effrayés par ce que font leurs copains. Ils ont toujours voulu réussir et n'ont jamais été tentés par la violence et le désordre.

Ce fut Nabile qui vint le consoler. Il lui prit la main, la mit dans la sienne et l'embrassa. Ils se regardèrent puis sortirent prendre une glace dans un café.

L'après-midi, sans dire un mot, la tête lourde de tristesse, Mohamed prit Nabile dans ses bras et le serra très fort, il avait les larmes aux yeux, attendit le retour du lycée de Rekya, il l'embrassa puis fit sa valise, prit quelques provisions et dit à sa femme : je vais au bled me reposer un peu. Tu me rejoindras avec Nabile et Rekya pour les vacances, voilà, je te laisse de l'argent et si tu as besoin de quoi que ce soit, demande à Sallam. Il allait prendre le train, sa voiture comme bien d'autres avait été incendiée par les jeunes. C'était au mois d'octobre lorsque des adolescents s'étaient révoltés après que deux de leurs copains avaient été électrocutés dans une cabine de haute tension. Le 78 ne s'était pas rebellé, mais des gamins avaient voulu faire comme les autres et mis le feu à des voitures stationnées dans le quartier. C'était un feu gratuit, juste comme ça, pour impressionner les habitants, pour dire quelque chose. Mohamed n'était pas content. Que voulaient-ils dire en brûlant ma Renault achetée à crédit à un bon prix puisque j'appartenais à la maison? Qu'ai-je fait à ces gamins mal élevés, qui suis-je pour eux pour qu'ils me privent de mon auto, moi qui suis de leur camp, de leurs origines? Va savoir! On a oublié de leur donner une bonne éducation. C'est ça, ces enfants, mal nés, mal élevés, mauvais en classe, n'obéissant pas à leurs parents, n'ont rien trouvé de mieux à faire que de mettre le feu à ma vieille voiture qui m'est très utile surtout l'été. L'assurance m'a envoyé balader, le type m'a dit, sans me regarder : c'est pas de notre fait, ce sont des risques que nous n'assurons pas, les intempéries, les catastrophes naturelles, les désordres sur la voie publique, tout ça, nous, on répond pas, nous, on assure des accidents, pas des révoltes de voyous, de toute façon si ça se trouve c'est un de vos gosses qui y a mis le feu, moi, mon fils n'ira pas brûler ma voiture, vous comprenez, alors je peux rien pour vous, oubliez votre voiture, achetez-en une autre, mais à votre place j'attendrais que ça se calme, ils adorent les autos neuves, ça les excite, au revoir monsieur, suis désolé, vraiment.

Mohamed quitta l'agence accablé. Il se demanda pourquoi l'État ne remboursait pas les pauvres gens victimes de ces désordres. Il regarda autour de lui, il n'y avait presque plus de véhicules stationnés, les gens avaient pris des précautions ; lui ne pouvait pas imaginer que des adolescents qu'il rencontrait tous les jours dans la cage d'escalier mettraient un jour le feu dans la ville parce qu'ils s'ennuyaient, parce qu'ils voulaient créer des embêtements à la France, mais moi je ne suis pas la France, je suis un simple père de famille qui se retrouve dans la rue sans sa voiture pour partir au bled, c'est tout, je n'ai jamais engueulé ces gamins qui traînaient dans le quartier, mes enfants ne les fréquentaient pas, ça, j'en suis sûr, très tôt ils se sont mis à travailler et ont tous quitté le 78.

Comment faire à présent ? Protester auprès de la préfecture de police ? Non, ils ne m'écouteront pas, de toute façon, ils sont dépassés, ils sont trop énervés. Faut jamais parler à un policier énervé. Et puis je déteste entrer dans un commissariat. Je prendrai le train, puis le bateau, puis le car, puis un taxi… Ça durera longtemps, je dois refaire mes bagages, il vaut mieux voyager léger. Il y a aussi la solution d'attendre jeudi pour prendre le car qui fait Gennevilliers-Agadir. Oui, mais l'année dernière le chauffeur s'est endormi, vingt morts et autant de blessés. Pas confiance. Ce sont des Marocains qui veulent gagner vite et beaucoup, alors ils engagent des chauffeurs qu'ils payent mal à moins de faire vite et d'arriver avant les autres, là, ils leur donnent une petite prime ; le chauffeur de l'accident a eu une grande prime : mort sur le coup, le pauvre ! Il faut que le gouvernement fasse quelque chose contre ces agences de cars ; mais la corruption est partout, ils obtiennent toutes les autorisations, toutes les surcharges, les dépassements de vitesse, tout contre de l'argent. Tant pis, je prendrai le train et puis je dormirai. Pas sûr, enfin j'essaierai.

# 12

Pour la première fois de sa vie d'immigré, il ne traça pas la route, comme il disait. Il avait déjà son billet de train. Il n'était pas pressé. La retraite, c'était ce temps qu'il fallait occuper, remplir avec des projets. Il passa toute la nuit à échafauder des plans pour voir enfin toute sa petite famille réunie autour de lui. Il fut tenté de maudire Lalla França qui lui avait pris ses enfants, mais il ne pensait déjà plus à la voiture perdue, et il se ressaisit et pria Dieu pour que les choses reviennent à la normale. Pour lui, la normale c'était que les enfants ne quittent pas la maison, même mariés, et puis ils devaient lui rendre visite très souvent, et faire des projets ensemble, pourquoi pas aller tous à La Mecque par exemple. Cette idée coûteuse ne le quittait plus. Il les imaginait en train de tourner autour de la Kaaba et de prier. Une folie ? Pas du tout. Un devoir de musulman. Mais il n'était pas en terre d'islam. Il devait abandonner ses idées et penser à des projets plus faciles à réaliser. Ouvrir une épicerie ? Non, ça ne marche plus. Pourquoi ne pas leur proposer de faire un tour du Maroc, un voyage du nord au sud, tout le Maroc, faire comme ces familles françaises qui visitent le pays en s'arrêtant partout, logeant chez l'habitant, mangeant dans des petits restaurants en étant très heureux ? Il achèterait un monospace et en avant l'aventure. Comme ses enfants travaillaient tous et qu'ils ne prenaient pas leur congé en même temps, il ferait ça en deux ou trois fois. Montrer le pays, faire connaissance avec les habitants, voir sa beauté, sa diversité, se parler, dormir à la belle étoile, improviser des jeux, passer du bon temps ensemble. Pourquoi n'ai-je pas fait ça quand les enfants étaient petits ? Je n'y ai jamais pensé. Je suivais le même rituel tous les ans du 15 juillet au 28 août, répétant les mêmes gestes. C'était notre destin. Il fallait l'accepter et ne pas se poser de questions. Je ne connais aucun émigré qui ait fait le tour du Maroc avec toute sa famille. On partait du 78 et on débarquait au village, un bled qui n'a pas de numéro.

Une fois arrivé à son village, il reprendrait la construction de la maison, dans ce pays plat, sec, aride, sans verdure, sans pitié. Aucun arbre n'y avait jamais tenu, aucune végétation n'avait réussi à pousser. Il y avait le long de la route des chardons, des épineux, des arbustes gris dont les tiges étaient comme des couteaux fins, de grosses pierres, de la poussière jaune et des mouches, partout des mouches surtout le jour où l'on égorge une brebis. Quand il y fait chaud, on se terre dans les chambres, on attend la fin de la journée, on apprend à attendre, on apprend à ne rien faire. On ne parle pas du temps et de ses rigueurs. On s'assoit sur les nattes, les jambes croisées, on change de position, puis de place. On ne regarde même pas le ciel, on ferme le couvercle du puits de peur que l'eau ne s'évapore et on oublie les heures qui passent si lentement. Les mots ne circulent pas, ils semblent cogner contre les murs, ils tombent en poussière, s'effritent. Alors personne ne parle. Il n'y a rien à dire, rien à faire. On suit le parcours d'une rangée de fourmis qui s'affairent, certaines s'égarent, tombent dans des trous, on les laisse crever. Cette dureté gagnait les cœurs. Les rapports entre les gens sont durs, rigides. Un enfant qui n'obéit pas reçoit des claques à le faire tomber. Une fille qui regarde un homme d'une certaine manière est cloîtrée. On ne discute pas, on ne négocie pas. La vie est simple, c'est-à-dire terrible. Il a fallu que les premiers postes de télévision fussent installés en les faisant marcher avec des butanes de gaz pour qu'une petite fenêtre s'ouvre sur le monde. Mais on regardait ces images en riant, c'était exotique, un autre monde plus sauvage que le leur traversait le village en passant sur ces lucarnes en noir et blanc. Les gens regardaient des films ; dès qu'un homme et une femme se prenaient la main, les femmes voilaient leur visage et certaines disaient : ces chrétiens n'ont aucune honte ! Aucune pudeur. Nous sommes bien chez nous. Mais que font nos hommes dans ces pays ? Se laissent-ils entraîner par ces ombres squelettiques vers des lieux du vice ? Perdent-ils leur argent avec ces femmes indignes ?

Commencés cinq ans auparavant, les travaux avaient été interrompus faute d'argent. Depuis qu'il avait eu cette idée, sa vie et sa retraite avaient un sens. Le spectre du temps s'éloignait un peu de lui, il ne lui faisait plus peur. Le temps devenait large, léger, coloré, aérien. Il l'imaginait tel un cerf-volant dans un ciel pur avec une brise douce. Le temps le lâchait, lui donnant ainsi une nouvelle chance. Il avait peut-être raté quelque chose en France, le temps lui accordait la possibilité de réussir autre chose au Maroc. Il voyait une grande maison, belle, pleine de lumière et d'enfants. Jamais l'agitation excessive et les cris des petits ne l'ont dérangé. Il souriait. Il la dessinait dans sa tête, laissait assez d'espace pour le jardin, comptait les arbres à planter, passait en revue les variétés de roses à commander au marché de Marrakech, il imaginait un potager et pensait le confier à Nabile qui ferait certainement un bon jardinier. En évoquant cet enfant, il lui arrivait d'avoir les larmes aux yeux. Il se retenait. Nabile était attachant, avait de l'imagination, le faisait rire, l'aidait à oublier les conflits avec les autres enfants. Il le voyait comme un prince dans cette maison, un prince et un chef. Il était le seul sur qui il pouvait compter. Nabile aimait qu'on lui fasse confiance, qu'on lui donne des choses à faire. Il avait toujours voulu grandir, être adulte avant l'âge, sortir de l'enfance qu'il confondait avec son retard. Il croyait qu'en grandissant, il deviendrait comme les autres : il disait moi mgolien ? ça va pas la tête ? moi seizans, champion, la pêche ! Allez Jeddi, on y va ?

Plus Mohamed s'approchait de la frontière marocaine, plus la maison grandissait, les murs prenaient de la hauteur, les chambres s'élargissaient, le lierre grimpait à grande vitesse, les plantes s'agitaient, les oiseaux chantaient… Il entendait même le bruit si doux d'une fontaine qu'il installerait dans la cour. Ce n'était plus une maison, mais un coin de paradis, une espèce de palais avec des jardins, des parcs, des animaux de toutes sortes. Un conte des *Mille et Une Nuits.* Un grand tapis tissé par des centaines de mains. Il ne manquait plus que Harun al-Rachid et sa cour. Nabile pourrait camper le rôle d'autant plus qu'il adorait jouer la comédie et faire des tours de passe-passe. Il rêvait et riait tout seul. Il se voyait tout de blanc vêtu accueillir les autorités venues inaugurer la maison idéale de l'émigré modèle, celui qui avait toujours transféré une partie de son salaire au Maroc, celui qui avait investi dans son pays et qui se promettait de rapatrier toute sa famille. L'émigré modèle serait décoré par le roi le jour de la fête du Trône ; il viendrait dans son costume gris, un peu froissé, une chemise blanche toute neuve, une cravate avec des fleurs. Le roi le prendrait par l'épaule et ferait quelques pas avec lui devant les caméras des télévisions, il lui donnerait une belle importance ; ses problèmes n'auraient plus lieu d'exister ; un avion spécial serait affrété par le souverain pour ramener ses enfants et leur mère au pays. Il se voyait grand de taille, mince, les poches pleines de liasses d'argent qu'il devait distribuer aux nécessiteux. Il était fou de joie. Il se voyait courir dans les champs, sauter comme un enfant insouciant, heureux. C'était cela, se faire plaisir, arranger les choses afin que la vie lui offre un superbe cadeau. Il avait toujours considéré que Dieu avait été clément avec lui en faisant de lui un bon père, un bon mari. Jamais aucun de ses enfants n'avait eu affaire à la police. Il pensait au pauvre Larbi dont l'aîné était en prison pour attaque à main armée, et le cadet atteint de cette maladie dont il ne voulait pas prononcer le nom par superstition. Mohamed considérait qu'il avait eu de la chance. Il pensait à la petite dernière et tenait à ce qu'elle fasse des études de médecine vétérinaire. Quelqu'un de l'usine, un militant très remonté contre la politique de l'État français, lui avait expliqué pourquoi presque aucun fils d'immigré n'arrivait à l'université. Tu comprends, nos enfants ne sont pas plus bêtes que d'autres, sauf que dès l'école primaire on les décourage, on les oriente très vite vers des études techniques, professionnelles, je ne dis pas que c'est mauvais, mais pourquoi nos enfants ne font pas les grandes écoles, tu sais, ces écoles où on porte l'uniforme comme si on était dans l'armée, pourquoi ils ne sont pas dans la recherche, dans la banque, dans les grands projets de ce foutu pays ; je ne parle pas de nos amis de gauche qui n'ont rien fait, tu te rends compte qu'en Hollande et en Belgique, il y a des députés, oui, des députés d'origine maghrébine, il y a même une jeune femme d'origine marocaine ministre de la Culture à Bruxelles, et là, en France, nous avons droit à remplir les prisons, à peupler les commissariats, à être pourchassés dès qu'on ose parler, c'est ça qui me dégoûte, nous, nous sommes finis, mais pourquoi nos fils subissent le même sort que nous ? Tu sais quoi ? C'est le vieux réflexe colonial, t'as beau être impeccable, tu as toujours sur ton chemin un bâton, une haie à sauter plus haute que celle des champions, c'est ainsi, c'est notre destin… Alors les gosses, affolés, dégoûtés, perdus, se mettent à tout brûler ; ils ont incendié ma vieille auto, l'assurance m'a dit : pas de remboursement-faits-exceptionnels, votre auto c'est fini… Les gosses ils ne vont pas à Neuilly faire leur cirque, non, ils brûlent leur école, nos bus, nos voitures, ils se font mal puis on les désigne du doigt comme des immigrés de malheur, tu crois que mon fils est immigré ? Il n'a jamais quitté le 78, il est françaouis, cent pour cent.

# 13

Le train s'arrêta en pleine campagne. Cela mit fin au rêve de Mohamed. Il se leva pour se dégourdir les jambes, regarda le ciel. La lune irradiait une lumière intense, des étoiles filantes traversèrent la blancheur de cette clarté, certaines ressemblaient aux gouttes d'eau d'une pluie d'été. Il se mit à prier, à remercier Dieu de l'avoir aidé à quitter *lentraite* et de lui avoir donné une bonne idée pour s'occuper. Il était fier et surtout impatient. Le temps filait à grande vitesse. Il fallait vite arriver au village et tout de suite appeler le maître maçon Bouazza pour reprendre les travaux. Lorsque le train se remit en marche, il fut pris d'une somnolence heureuse où défilaient des images sur lesquelles il se voyait, saison après saison, entouré de tous les siens. À chaque saison il accordait une couleur : le blanc pour l'été, le bleu teinté de gris pour l'automne, le vert lumineux pour l'hiver et le jaune or pour le printemps. Il aimait mettre de la couleur sur le temps. Depuis qu'il avait quitté la France, les couleurs étaient de retour. La musique aussi.

Quand il débarqua à Tanger, il dut attendre l'après-midi pour prendre le car de Casablanca. Il déposa sa valise à la consigne et partit marcher sur le sable de la corniche. Tout avait changé depuis sa première découverte de la mer. Des jeunes jouaient au foot, d'autres traînaient, des mendiants l'arrêtèrent et il leur donna des pièces. Autour, de plus en plus d'immeubles en construction. Il s'installa dans un café, un démarcheur l'aborda : tu veux acheter un appartement dans un de ces beaux immeubles ? dix mille dirhams le mètre carré. C'est bon marché, tu achètes sur plan puis, dans un an, tu habites, tu auras tout, l'eau courante, l'électricité, la télévision, le téléphone et même Internet, tout, tu me donnes une avance, je te donne un reçu et puis l'année prochaine rendez-vous ici dans ce café à la même table. C'est d'accord ? Non, merci. Entre-temps au moins dix mendiants, femmes avec bébé, estropiés, jeunes en bonne santé, vieillards exhibant une vieille ordonnance médicale toute froissée, passèrent en tendant la main. Il se dit : il y en a de plus en plus, ce pays a perdu de sa fierté, c'est trop, il y a trop de mendiants, trop de corruption, trop d'injustice, plus ça va, plus ça devient trop. Il pensait à la route qui l'attendait, fit un petit calcul et se vit enfin arrivé au bled dans une journée et demie, trente-six heures si tout va bien, Tanger-Casa ; attente ; Casa-Agadir ; attente ; Agadir-le bled en taxi… attente, attente, patience, patience ! C'est ce qu'on lui disait à La Mecque, *Assabr Ya Haj !* Patience Haj ! la formule magique ; durant le pèlerinage il avait appris la patience, puis avec le temps il l'avait perdue, il était devenu nerveux et faisait des efforts pour ne pas le montrer. De nouveau il sentait monter en lui une petite colère : pourquoi a-t-on brûlé ma voiture ? Pourquoi l'assurance ne m'a rien donné, pas même de quoi en louer une en attendant que le gouvernement trouve une solution à ces milliers de gens ayant perdu leur auto, souvent leur outil de travail. Puis il se souvint que le type de l'assurance avait accusé les immigrés ; il n'eut pas la présence d'esprit de rectifier : ces jeunes qui mettent le feu aux voitures et dans les établissements publics ne sont pas des immigrés, ce sont peut-être, même sans doute, des enfants d'immigrés, mais ce ne sont pas des immigrés. Même la télé avait parlé d'immigration. Il n'y avait rien de normal, rien de juste dans tout ça. Tout ce dont il était sûr c'est qu'il n'y était pour rien, ni lui ni ses enfants.

L'entrepreneur Bouazza s'était installé à Marrakech et s'occupait de plusieurs chantiers en même temps. Il était devenu riche, difficile à joindre, ayant manifestement oublié d'où il venait. Une fois arrivé chez lui, Mohamed oublia Bouazza et fit appel à ses nombreux neveux et cousins qui se mirent au travail. Il retrouva l'énergie de ses vingt ans et ses mauvaises pensées se diluèrent dans le ciment et la chaux. Les voisins venaient voir cette bâtisse sans forme, étrange, ne ressemblant pas aux petites maisons de la région, posaient des questions puis repartaient en se demandant si Mohamed n'avait pas perdu la raison. Il avait maigri, dormait à côté des matériaux et se négligeait. Il avait payé un architecte pour les plans mais le maçon n'en tenait pas compte il suivait les indications de Mohamed qui n'arrivait pas à bien expliquer ce qu'il voulait réaliser. Il répétait : je veux une grande maison, plus grande que toutes les bicoques du village, aussi grande que mon cœur. Il faut qu'elle apparaisse de loin et on dira : c'est là qu'habitent Mohamed et toute sa famille, je veux dire avec tous ses enfants, oui, mes enfants viendront vivre avec moi, là, dans ces espaces infinis… mes enfants et petits-enfants. Ce sera la maison du bonheur, de la paix et de l'harmonie ! Il s'arrêtait et se disait qu'il exagérait un peu. Il était devenu méconnaissable tellement cette maison se transforma en un lieu où tout était disproportionné, sans la moindre logique si ce n'est celle de son obsession : réunir toute la famille sous ce toit ressemblant au couvercle d'une immense marmite où rien n'était à sa place.

Cinq mois plus tard la maison était presque prête. Il manquait la peinture, les volets, les vitres et tous ces petits détails qui rendent les lieux habitables. Il n'en avait parlé à aucun de ses enfants, afin de leur faire la surprise. En fait il avait peur qu'ils ne le découragent ; ils avaient leur franc-parler et lui auraient dit des choses qui lui auraient fait mal. Alors il ne voulait pas savoir ce qu'ils en penseraient et préférait les étonner. Sa femme l'avait rejoint ; elle savait que son mari faisait fausse route, qu'il se nourrissait d'illusions et comme d'habitude elle ne le contraria pas. Elle avait compris depuis longtemps que ses filles et garçons ne leur appartenaient plus, qu'ils avaient été engloutis dans le tourbillon de la France, qu'ils aimaient leur vie et qu'ils n'avaient ni remords ni regrets. Elle les avait vus partir et savait qu'elle n'avait pas les moyens de les retenir, de les garder auprès d'elle et de son mari. Elle regardait autour d'eux et constatait que la France avalait d'une manière ou d'une autre les enfants des étrangers. En vérité les choses se passaient plus simplement. Il n'y avait pas de volonté agressive de déposséder les étrangers de leurs enfants. C'était naturel d'aimer son pays natal et de lui être attaché. Il n'y avait pas de complot, pas de piège. Mais elle, elle savait qu'elle ne pouvait pas lutter contre une telle attraction. Elle se contentait de leur parler, de les conseiller, de les mettre en garde, mais ils l'écoutaient à peine. La rue les embarquait vers l'aventure, vers de nouvelles rencontres, vers une autre vie bien différente de celle de leurs parents dont il n'y avait presque rien à retenir. L'usine, les trois-huit, la tristesse et la fatigue, les cinq ou six semaines dans le bled, la routine et puis le plafond très bas de cette vie, rien de cela n'était vraiment bon à reproduire. Chacun sa chance, chacun son destin. Mais on ne réfléchit pas à ça, on vit, on agit puis on se rend compte qu'il y a quelques dégâts. Tombés du camion ! C'était l'expression favorite de leur mère. Elle l'avait apprise par cœur sans en connaître le sens exact. Pour elle, c'était similaire à des petits accidents, des blessures de la vie, comme si la famille était embarquée dans un camion qui dérape. Les problèmes ? Tombés du camion ! Lui, pendant ce temps-là, se faisait construire la plus grande maison du village comme au temps ancien. Quarante ans de présence en France ne l'avaient pas changé. Il était resté intact Pas le moindre pli, propre, impeccable, pas même une minuscule influence. Il était naturellement, hermétiquement fermé. Rien de la France ne trouvait de place dans son cœur, dans son âme. Ce n'était même pas une décision réfléchie, débattue. C'était ainsi, et rien ne pouvait le changer. Ils étaient des millions comme lui. Ils arrivaient en terre d'immigration comme blindés, surtout pas de mélange, ils ont leur vie, leurs mœurs, et nous avons les nôtres. Chacun chez soi et pas d'intrusion ou d'ingérence. Il ne faisait même pas d'effort pour repousser ce qu'il appelait les contaminations de Lafrance sur lui. Il était étranger, totalement inatteignable. Le bled et ses traditions l'habitaient tout en l'éloignant de la réalité. Il était dans son monde, et vivait sans trop se poser de questions. Il ramenait tout à l'islam. Ma religion est mon identité, je suis musulman avant d'être marocain, avant de devenir immigré ; l'islam est mon refuge, c'est lui qui me calme et me donne la paix ; c'est la dernière religion révélée, elle est arrivée pour clore un long chapitre que Dieu a commencé il y a très longtemps. Ici, ils ont leur religion et nous avons la nôtre. Nous ne sommes pas faits pour eux et ils ne sont pas faits pour nous. Le contrat est clair, je travaille, ils me payent, j'élève mes enfants et puis un jour tout le monde rentre à la maison, oui, la maison c'est mon pays, ma patrie.

Quand sa femme vit les dimensions de la maison, elle poussa un youyou retentissant puis lui demanda ce qu'il comptait en faire pensant qu'il pourrait la transformer en un parc d'attractions pour les enfants quand ils viendraient en vacances. Il répondit : l'habiter, toi, moi et tous nos enfants. C'est simple, cette maison c'est notre étoile, notre bien le plus précieux, chaque pierre est une goutte de mon sang, chaque mur est un pan de ma vie, nous allons enfin nous réunir et vivre comme avant, comme moi j'ai vécu, comme mon père a vécu, je ne fais que suivre le chemin tracé par ceux qui nous ont précédés et qui savent mieux que nous ce qui est bon pour notre progéniture. J'ai tout prévu, une chambre pour chacun avec sa salle de bains, des armoires où ranger les affaires de l'hiver, j'ai acheté un immense poste de télévision, il sera dans le patio et nous regarderons ensemble des émissions distrayantes, tu verras, j'ai prévu aussi un hammam et une salle de prière ; ce sera la maison du bonheur, je pense même installer un interphone comme celui qu'on a dans l'immeuble de Lafrance, c'est bien de sonner chez chacun des enfants avant de rentrer, et puis j'ai prévu juste à côté une basse-cour avec les meilleurs poules et coqs, il n'y aura pas de lapins parce que je sais que tu n'aimes pas ça, mais il y aura d'autres animaux, des brebis, des agneaux, une ou deux vaches, plus besoin d'aller à Leclerc, c'est bien, n'est-ce pas ? Je suis très content. Et toi, tu es contente, j'ai bien fait, n'est-ce pas ? J'ai mis là toutes mes économies et j'ai même emprunté un peu… La pierre, la terre, ça c'est du solide, c'est bien mieux que l'argent. Regarde autour de toi, personne n'a de maison aussi grande et aussi belle ; j'ai réussi, oui, j'ai réussi, c'est une preuve qu'on peut partir à l'étranger et revenir aussi intact que le jour où on a quitté le village, c'est formidable ; moi j'ai calculé mon affaire, la France c'était obligatoire, il fallait travailler et faire des économies, mais la France c'est bien pour les Français, pas pour nous, nous n'avons pas notre place là-bas ; ils ont leur religion, ils se marient et divorcent comme rien, et puis nous, nous avons notre religion et lorsqu'on se marie c'est pour la vie, pour toujours, tu comprends, je vais sauver nos enfants, je vais les sortir de l'autre religion, les amener vers nous pour continuer à vivre comme nos parents et grands-parents ont vécu, c'est sûr que la solution est là, pas ailleurs, il y a de l'espace et puis ici la terre est bonne, regarde comme les plantes ont poussé, c'est fini le temps de la sécheresse, il n'y a pas de raison pour que nos enfants vivent loin de nous, non, pas de raison… Il répétait cette phrase et avait une lueur étrange dans les yeux. Il était habité, possédé par une obsession, il répétait à l'infini des mots, parlait seul, se grattait la tête, s'arrêtait puis regardait le ciel et s'adressait aux rares nuages.

Sa femme ne disait rien de peur de briser son enthousiasme. Elle n'avait rien à dire. Comme d'habitude elle ne devait pas contrarier son mari. C'était leur pacte. Il était peut-être en train de perdre la tête, mais comment l'arrêter, comment le ramener à la raison ? Elle ne savait pas, elle confiait à Dieu son problème car elle savait que jamais Dieu n'abandonne ceux qui le prient et l'adorent.

## 14

La maison était bizarre. Elle ressemblait à un camion surchargé, sorte de paquet mal ficelé. Elle penchait et faisait tache dans le paysage. On aurait dit qu'elle allait tomber et écraser Mohamed. Le maçon l'avait dessinée en suivant les indications désordonnées de Mohamed. Il lui disait : bon, là il faut une belle chambre, bien grande pour l'aîné et sa femme, elle est étrangère, j'ai envie de leur faire plaisir, de montrer que, même pauvres, nous avons le cœur grand et la chambre doit être aussi grande que mon cœur, tu comprends, puis à côté il faut d'autres chambres pour chacun, n'oublie pas le hammam, le four et puis un endroit pour les poules et les brebis, tu vois, la maison doit être comme un petit palais, un palais de pauvre mais beau, accueillant, spacieux, magnifique, vas-y, dessine, fais ton travail, et n'oublie pas les fenêtres et les ventilateurs pour l'été, car les enfants viennent surtout l'été, regarde si tu peux me faire une petite piscine, je sais, il n'y a pas d'eau, mais quand tu auras terminé la construction, l'eau sera là…

Quelle maison ! Une erreur, une folie. Les balcons

étaient étroits, les fenêtres petites et la porte d'entrée immense. Au milieu, une cour, sorte de patio andalou. Mohamed y avait planté un arbuste voué à une disparition certaine à cause de la sécheresse qui a ses habitudes dans la région. Le sol était recouvert d'un ciment de la meilleure qualité, mais qui attendait toujours les zelliges commandés à Fès, enfin c'est ce que prétendait le maçon. Les murs étaient en tadelakt, une matière qui protège de l'humidité et les fait briller. Certains murs étaient peints à la chaux. Du plafond pendaient des fils électriques sans ampoules ; le courant faisait partie des promesses du caïd du village. Les salles de bains étaient tout équipées, mais l'eau courante était une autre promesse du caïd. Cela dit, les gens, maintenant, ne lui réclamaient plus rien, sachant que cela ne dépendait pas de lui et que de toute façon tout venait de Rabat. Mais qui pouvait donc être là-bas ce personnage improbable, installé dans un bureau climatisé qui, un matin, aurait une petite pensée pour les habitants de ce bled ? Qui donc pourrait bien venir en aide à Mohamed, en train de réparer les inconséquences de l'exil ? Enfin, il valait mieux ne pas y penser ! L'image du petit fonctionnaire de Rabat poursuivait Mohamed. Il l'imaginait, le voyait, sentait son odeur. Il porte un costume marron foncé, une chemise grise qu'il n'a pas changée depuis quatre jours, une cravate noire. De temps en temps, il soulève un bras et sent son aisselle. Il transpire et n'a pas de déodorant pour faire disparaître l'odeur de la sueur accumulée. La dernière fois, il a utilisé un flacon d'un parfum acheté chez un spécialiste en contrefaçon. Ça lui a déclenché des boutons et des démangeaisons désagréables. Ce fonctionnaire fume et râle tout le temps parce que son salaire est insuffisant, il est moins doué que ses collègues qui ont réussi à se faire un petit pécule en vendant des promesses ici et là. Lui ne sait pas mentir, ne connaît pas les astuces pour se faire de l'argent en tant que fonctionnaire du ministère des Travaux publics. Ça donne des armes à son épouse qui lui fait une petite guerre quotidienne. Alors comment voulez-vous que cet homme, brave type au fond, pense aux problèmes d'un millier de paysans qui ont pris l'habitude de vivre sans eau et sans électricité. Il pense plutôt à la manière de gagner un peu sa vie et en même temps l'estime de sa femme. C'est plus important que la maison de Mohamed Limmigré. Le petit fonctionnaire se gratte la tête, passe sa main sur ses cheveux gras, se gratte, ouvre un dossier, feuillette des pages, fait semblant de chercher un mot, lève la tête, remarque une toile d'araignée dans le coin du plafond, baisse les yeux, résigné, puis souligne avec un stylo rouge la demande de Mohamed. Il veut de l'eau potable ! Et pourquoi pas de quoi remplir une piscine ! De l'eau ! Est-ce que moi je réclame du champagne en rentrant à la maison ? Ces paysans ne se rendent pas compte que l'État ne peut rien pour eux. Ils émigrent, se font plein d'argent et viennent, arrogants, nous réclamer de l'eau et de l'électricité comme s'ils habitaient en ville. De tout temps les gens de la campagne ont vécu avec l'eau du puits et ont utilisé les bougies pour s'éclairer et des butanes de gaz pour faire marcher la télé. Ce n'est pas parce qu'ils ont vécu en Europe qu'ils ont le droit de nous enquiquiner. Moi, je veux bien faire un effort, mais eux ne comprennent pas qu'il faut participer aux frais. Moi aussi j'aimerais émigrer, ma femme serait ravie, elle pourrait même consulter de grands médecins pour enfin avoir des enfants. Elle dit que c'est ma faute. Il a fallu que j'engrosse la bonne pour qu'elle n'utilise plus cet argument. La bonne a eu une fausse couche, heureusement. Elle l'a renvoyée après l'avoir soumise à un interrogatoire méticuleux. Enfin, c'est une autre histoire. Le dossier, je le mets sur la pile « En attente ». C'est une pile qui a bientôt cinq ans ! Elle fait partie des meubles, du paysage ; je n'imagine pas ce bureau sans cette pile. Que puis-je faire pour que ma femme soit agréable ? Lui faire un cadeau ? Mais pas n'importe lequel, le titre d'une propriété, les clés d'une voiture neuve, ou au moins un collier en or ou une bague avec un brillant, un voyage en Turquie, une nuit étoilée sous les pyramides ? Mieux encore, un cartable plein de billets de banque. Depuis qu'elle a vu cela dans un film égyptien, elle en rêve. Elle ne cesse de me dire : regarde comment font les hommes, les vrais, pas les chiffes molles de ton genre, regarde, observe et au moins apprends, prends des cours, ne m'approche pas, ne viens pas pleurer sur mon épaule, car dans le film c'est après avoir offert la petite valise pleine d'argent que le mari s'est permis de poser sa tête sur l'épaule de sa femme. Ne compte pas sur moi pour te laver les cheveux. Laisse-les gras et sales. Ils expriment ce que tu es de manière magnifique. Mon mari, enfin mon supposé mari, a les cheveux gras parce que ses poches sont vides, parce qu'il est incapable de satisfaire sa femme ni sur le plan sexuel ni sur le plan financier. Sa femme est frustrée. Elle serait bien partie avec quelqu'un d'autre, mais elle a des principes.

Le petit fonctionnaire se met à compter le nombre des dossiers en attente. Deux cent cinquante-deux dossiers. Aucun n'a de chances d'aboutir. Il se gratte le crâne, regarde ses ongles pleins de pellicules grasses. Il se tourne vers son collègue et lui propose d'aller boire un café.

# 15

La maison ne sera pas totalement finie le jour où il s'y installera. Mais rien n'arrête Mohamed. Il est entêté, ça fait partie de son être, de ses habitudes. On dit têtu comme une mule, mais lui et sa tribu ont dépassé l'entêtement des mules. Il refuse l'évidence, continue dans son entêtement comme s'il était vissé sur des rails et qu'il n'avait aucune possibilité de s'en détacher. Il ne discute pas, c'est comme ça, il fonce la tête la première, les yeux fermés, convaincu qu'il a absolument raison. Tête de bronze, dure, incassable. Idée fixe, unique, sans la moindre brise qui pourrait l'aérer, la rendre un peu flexible. Non, l'entêté est un cas car il est accroché de toutes ses forces à ce qui est primitif et archaïque. Mohamed ne le sait pas, mais son entêtement fait partie de son être le plus profond.

Il y a autant de chambres que d'enfants. Elles n'ont pas les mêmes dimensions. Certaines communiquent entre elles par une porte basse mal dessinée. Les fenêtres sont petites, de taille différente. La salle de prière a pris trop d'espace. Tapissée de nattes, elle attend un imam et des croyants. Mohamed ne s'est jamais posé la question de savoir si ses enfants étaient de bons ou de mauvais musulmans, s'ils faisaient le ramadan, la prière, s'ils buvaient de l'alcool… Impossible à imaginer. Au contraire, il les voyait tous là, lui devant, dirigeant la prière, eux derrière, sages, soumis à la volonté divine. Il les voit et les entend demander à Dieu aide et fortune. À cet instant précis apparut une silhouette noire, quelqu'un couvert de la tête aux pieds d'un tissu noir, des mains dans des gants noirs, des babouches noires. Une masse en mouvement, une femme peut-être ou bien un voleur dissimulé dans cet accoutrement. L'ombre tournait autour de la maison sans s'arrêter. Une étrange présence, lourde, indéfinissable. Mohamed demanda : qui est là ? Pas de réponse. L'ombre grandit, fit passer un vent froid puis disparut. Il eut peur non d'être attaqué mais que cette chose fût une messagère du malheur. Comme tous les gens de sa tribu, il était superstitieux, il ne le reconnaissait pas, ce sont les femmes qui croient à ces choses-là. Cette « chose noire » n'augurait rien de bien. Il pensa à un message du diable, ou bien de quelqu'un de malfaisant, un voisin jaloux venu lui faire peur ou lui jeter un sort. Il savait que l'envie et l'hypocrisie étaient monnaie courante dans ce village. Sa femme lui donnait à porter sur lui des talismans contre la jalousie de sa propre famille. Elle lui disait : c'est normal, dès que quelqu'un sort de ce chaudron on fait tout pour qu'il y retombe. On ne supporte pas que les autres soient en bonne santé et qu'ils aient émigré, pour eux, l'émigration est une aubaine fantastique. Alors fais attention, tes propres neveux, tes cousins te regardent comme l'agneau de l'Aïd, ils se le partagent en te voyant arriver dans cette voiture pleine de cadeaux. Méfie-toi, ce sont les plus proches qui sont les plus envieux, les plus dangereux, ils te veulent du mal.

Mohamed dit les prières qu'il savait par cœur, les répéta puis eut un mauvais pressentiment. Physiquement, il était courageux, mais moralement ça n'allait pas. Un doute remplit son esprit, un grand vide se creusa dans son ventre. C'était douloureux comme une brûlure. Il pensa que c'était à cause des aigreurs d'après le dîner, mais son émotion était d'une autre ampleur. La chose noire murmurait, grinçait des dents, allait puis revenait. Il prononça plusieurs fois la chahada : *la illaha illa lah mouhamad rassoulou llah*... Il vit le fantôme s'éloigner suivi par un nuage de poussière. Il fit ses ablutions avec le peu d'eau qui restait dans une jarre et pria plusieurs fois comme pour effacer ou du moins éloigner cette vision funeste. Une chauve-souris traversa la cour dans tous les sens. Elle le frôla, il trébucha puis tomba dans un sommeil profond où il ne fit ni rêve ni cauchemar.

Le lendemain, après le coucher du soleil, il monta sur la terrasse où il avait dressé une tente. L'été, elle servirait pour dormir dans la fraîcheur de la nuit. Pour y accéder, il fallait emprunter une espèce d'échelle bancale. Il repensait à la chose en noir. De nouveau, elle apparut, cette fois-ci une partie du visage découverte. Elle s'adressa à lui comme s'il était un membre de sa famille. Il avait beau invoquer Dieu et son prophète, réclamer leur protection, la chose grandissait tout en lui parlant tantôt en berbère, tantôt en arabe : *Meskine ! Pauvre de toi ! Tu as dépensé tout ton argent dans cette bâtisse pour danser sur la tête, pour marcher sur les mains, pour manger le hérisson et boire du lait plein de sable, tu avaleras de travers et tu mourras étouffé car personne ne viendra à ton secours, tu as construit une maison sur le seul terrain qui n'appartienne pas aux humains, tu as violé le secret des maîtres du lieu, tu les as dérangés, tu leur as fait du mal, cette maison restera vide, vide, et aucune âme n'y entrera jamais, la tienne est tenue dehors, parce que tu ne savais pas ce que tu faisais, mais à partir de la prochaine nuit du Destin, tu t'en iras, tu laisseras la maison aux maîtres du lieu, ceux qui occupent les fonds des puits et les cimes du ciel, ceux qui brûlent tout ce que leurs yeux regardent, ceux qui ne laissent aucune trace et ne connaissent ni peur ni honte, ceux qui sont plus forts que Satan parce qu'ils sont là depuis toujours, depuis des siècles, des millénaires, et qui n'aiment pas les imprudents, les naïfs, les insouciants, ceux qui pensent les faire fuir en prononçant quelques prières. Pauvre de toi ! Meskine ! Tout ça pour rien ! Ne me regarde pas sinon tu deviendras poussière qu'un coup de vent enverra dans les sables du lointain ! Écoute bien ce que je dis et fais ce que je te commande de faire ! Vous autres, hommes de l'étranger, vous avez abandonné vos terres et vous revenez les couvrir de pierres, vous êtes perdus et votre progéniture est perdue, elle ne vous connaît plus, elle vous a déjà répudiés, elle vous échappe et les maîtres du lieu en ont décidé ainsi, ils n'en veulent pas, ce sont des fils de la terre étrangère, ingrats, sans racines, sans religion. Les racines de ces arbustes, on les a coupées, brûlées, devenues cendre et poussière. Allez au cimetière vous recueillir sur la tombe des anciens, tendez bien l'oreille et écoutez ce qu'ils vous diront, ils sont sages et justes, ils vous diront que cette maison est une erreur, on n'habite pas dans une erreur surtout quand elle est immense, on ne vient pas déranger les maîtres du lieu parce qu'ils sont invisibles, vous ne les voyez pas mais eux vous observent et vous poursuivent, pour ne plus avoir affaire à eux, vous n'avez qu'une solution, partez et laissez-leur cette bâtisse dont ils feront un lieu de pénitence pour des égarés comme toi, des gens de l'étranger qui ne savent plus qui ils sont ni d'où ils viennent. Enfin, un dernier conseil, pas la peine de faire venir des hommes en blanc psalmodier à l'infini des belles paroles alors qu'ils ne pensent qu'au festin qui s'ensuivra...*

L'ombre disparut. Mohamed était sonné, avait des frissons. Que faire ? Y croire ou s'en moquer ? Il fit ses ablutions et pria de nouveau. Il réclama à Dieu aide et soutien. Il se sentit presque apaisé et s'en alla dormir dans son ancienne habitation. La nuit fut longue et pénible. Une insomnie agitée, cruelle. Il était secoué de partout, se levait, marchait puis retombait de fatigue dans un lit qui grinçait et bougeait comme s'il était manipulé par des mains invisibles. Il sentait que tout lui échappait, n'avait prise sur rien. Le Coran tomba de la table où il était posé, recouvert par un morceau de linceul. Quelques pages s'en détachèrent, volèrent puis disparurent. Il était paniqué, aurait voulu savoir quelle sourate s'était envolée, la lire et la relire, mais il en était incapable. Il pria jusqu'au lever du soleil. Il cherchait des yeux où les pages du Coran s'étaient déposées. Elles n'avaient laissé aucune trace. Quand il ouvrit le Coran, il fut stupéfait de voir que des pages étaient toutes blanches. Les versets avaient été effacés, avalés par quelque chose d'invisible. Il l'enveloppa dans le morceau de linceul et le serra contre sa poitrine ; il s'endormit ainsi par terre sur le petit tapis de prière, le visage crispé, le corps recroquevillé. De temps en temps des frissons le réveillèrent. Il avait froid en plein été. Il transpirait et sentait monter la fièvre.

La maison ressemblait au désordre qui régnait dans ses pensées et surtout aux illusions qui l'habitaient. Les salles de bains étaient à l'étage avec des toilettes à la turque. Ce sont des hammams. Jamais ses enfants n'utiliseraient ces toilettes. Ils n'avaient jamais vu des toilettes sans cuvette, pas même dans un film.

Mohamed monta sur la terrasse et se mit à observer l'horizon. Le ciel était bleu, mauve, orange, blanc. Il le voyait ou l'imaginait dans ses couleurs préférées. L'air était pur. Pas le moindre coup de vent. Un grand silence enveloppait ce monde, son monde. Peu à peu, il s'y sentait bien, comme réconcilié avec lui-même, avec le monde extérieur ; il s'y était installé et n'entendait plus les bruits lointains de la route ni les paroles de l'ombre en noir. Il se rendit compte qu'il était le seul à posséder une maison aussi immense et aussi haute. Cela ne l'inquiéta pas du tout, il était même fier de sa réalisation. Au moins lui, il avait pensé à sa famille, ce n'était pas comme ces immigrés qui abandonnaient femme et enfants et venaient cultiver la terre en attendant d'épouser une petite bergère.

Il circula entre les étages, compta le nombre de chambres, se trompa puis recommença. Toute la nuit, il était empêtré dans ses calculs car il voulait savoir combien tout cela lui avait coûté. Il n'y arrivait pas. Au moment de dormir, il se rendit compte qu'il n'y avait pas d'eau pour faire sa toilette et ses ablutions avant la dernière prière. Il partit à son ancien domicile, se lava rapidement et revint préparer la maison dans le but tant désiré : recevoir ses enfants, les accueillir comme un vrai chef de famille, comme un seigneur, un père responsable. Un rêve, une passion. Il se dit que certains ont le rêve et l'ambition d'amasser beaucoup d'argent, ou de devenir ministre ou chef de gare, lui, son rêve était d'une grande simplicité : voir réunie autour de lui sa progéniture. Ce n'est pas trop demander à la vie, à Dieu, au hasard, à Lafrance que de faire venir ses enfants là, dans ce bled sec, dans cette maison unique, à cet âge, en cette année où sa vie avait changé de rythme et de cap. Il passa en revue le cas de chacun de ses enfants : Mourad, l'aîné, même s'il s'est marié avec une chrétienne, il viendra, il est discipliné, gentil et tient à ma bénédiction. Rachid, celui qui se fait appeler Richard, est mal dans sa peau, très vite, il m'a échappé. Il passait plus de temps à jouer dans la cour de l'immeuble qu'à faire ses devoirs. Il viendra si son frère insiste. Othmane est un bon garçon, mais il fera ce que sa femme, une Marocaine de Casablanca, lui dira de faire ; elle ne nous a jamais aimés, se considérant supérieure à nous tous réunis du simple fait que ses parents n'étaient pas des émigrés, alors j'ai un doute sur leur venue. Jamila viendra parce que ce serait l'occasion de nous réconcilier, mais j'en doute aussi parce qu'elle est rancunière et aussi têtue que moi. Quant à Nabile, il sera tellement heureux là, à côté de moi ; la petite dernière, Rekya, elle m'obéira sans problème, du moins je crois.

Un vendredi soir, outrepassant les menaces de la « chose noire », il fit venir des lecteurs du Coran. Parmi eux, il remarqua un type très grand de taille, mince, tout en blanc. Il lui parla de l'ombre noire, ce qui le fit sourire. Durant la lecture, un boucher égorgea un veau sur le seuil pendant que sa femme brûlait de l'encens à l'intérieur et versait un peu de lait dans les coins. La maison était bénie, mais inhabitable. Les prières dites sur un ton lancinant résonnaient entre les murs, ce qui produisait un effet inquiétant. Il y avait de l'écho et un bruit étrange. Quelques légères fissures apparurent dans les murs. Un lecteur se leva et partit en courant, persuadé que les djinns étaient là. Un grand plat de couscous était servi dans le patio. Les hommes mangèrent en silence et assez vite. L'homme grand de taille prit à part Mohamed et lui murmura dans l'oreille que cette maison avait besoin de davantage de protection, une seule soirée de lecture ne suffisant pas. Il lui dit : il faut vaincre les résistances du démon. Je crois que les gens de la maison, ceux qui en sont les propriétaires, ceux que tu as dérangés, réclament réparation ; seule la parole de Dieu est efficace contre ces gens qui sortent d'entre les pierres, poussière noire qui grandit et se transforme en chose menaçante. Il faut doubler le nombre des récitants quitte à les faire venir de Bouiya Omar, tu sais, le saint qui guérit les fous. Ils sauront s'adresser aux êtres malfaisants qui grouillent sous la terre et attendent que tu sois seul pour te dépecer. Tu te souviens de ce qui s'est passé il y a une dizaine d'années quand Bouchta a défié ces gens ? Non, tu ne te rappelles pas, ou tu n'étais pas là ; sache que le pauvre est tombé dans un trou et on ne l'a jamais retrouvé parce que le trou s'est vite rempli de terre et on ne le retrouvait plus ; on l'avait pourtant prévenu : ce terrain, acheté pour une bouchée de pain, était habité par les gens qu'on ne voit pas, enfin tu me comprends, il ne voulait rien savoir, n'écoutait personne ; un soir, alors qu'il arpentait ce terrain avant même de le construire, la terre s'est ouverte et l'a avalé ; plus aucune trace de Bouchta, il n'eut même pas droit à des funérailles puisque le corps s'était volatilisé. C'est sérieux, peut-être que tu crois que ce sont des racontars, mais les faits sont là. Enfin, en tant que bon musulman, tu n'as rien à craindre. N'oublie pas, le prochain vendredi, toute une nuit de lecture.

Lorsque tout le monde s'en alla, il se retrouva avec sa femme face à un veau sans tête et plein de sang. Ils étaient incapables de réagir. Ils se regardèrent et quittèrent la maison au milieu d'une nuit où il n'y avait pas de lune mais des nuages noirs ayant des formes de tête de veau. Tôt le matin, le boucher emmena l'animal pour le découper. Chacune des familles eut sa part de viande. Le partage fut équitable et les commentaires plutôt mitigés.

# 16

Avec ses dernières économies, il meubla une partie de la maison, acheta un fauteuil en cuir à ressorts très usé, loua une Honda qui le transporta jusqu'à la porte de la maison. Il profita de son voyage à Marrakech pour téléphoner à chacun de ses enfants afin de les inviter à le rejoindre, il fit un effort sur lui-même et appela même Jamila qu'il avait rayée de sa vie, celle qui avait épousé un Européen. Ils étaient tous sur répondeur sauf elle. C'est ton père, oui je vais bien, je vais même très bien, la maison est terminée, je t'attends, tu viens ma fille, tu verras c'est grand, c'est beau, c'est la plus belle maison de tout le bled ; comment ça tu peux pas ? Tu dis non à ton père qui a passé des mois à construire un petit palais pour vous ! Non, ma fille, tu viens pour l'Aïd, vois ça avec tes frères et venez groupés, faites attention sur la route, pas de vitesse, je te bénis, ma fille, que Dieu te garde et te donne la santé et le bonheur, à bientôt ma fille. Au moment de raccrocher, il l'entendit crier : mais papa c'est du délire, c'est quoi cette histoire de maison ? Tu me vois arrêter mon travail, laisser mon homme et venir faire la mariole dans ta bicoque de bledar ? Mais enfin, réveille-toi, le monde a changé, je ne suis plus la petite fille que tu comblais de bonbons, c'est fini, laisse tomber, oublie, oublie cette maison et cette idée de nous réunir comme si nous n'avions pas notre propre vie… allez papa, ne te fatigue pas, salut et bisous…

Il était un peu sonné, perplexe, mais confiant dans son intuition. Elle viendrait.

Aux autres, il laissa un message, ce qu'il s'était toujours refusé de faire quand il était en France : « La maison est prête, elle est grande, chacun a sa chambre, venez, je vous attends pour fêter ensemble l'Aïd-el-Kébir, j'ai acheté six moutons, un pour chacun, vous verrez elle est très belle, spacieuse, pleine de lumière et de parfum, que Dieu vous garde, je vous attends ! Si vous venez en voiture, soyez prudents ! Tout le village vous attend ! Nous allons enfin vivre ensemble au sein d'une grande famille ! » Il recomposa le numéro de Jamila qui ne répondait plus, il parla, peut-être dans le vide : « Jamila ma fille, c'est ton père qui t'appelle ; je n'ai pas compris ce que tu m'as dit tout à l'heure ; je t'attends à la maison, dans le bled, pour la fête de l'Aïd-el-Kébir. C'est une réunion de famille, alors viens seule ! Je compte sur toi ! »

Il dit à sa femme : j'ai parlé à leurs machines ; j'espère qu'elles leur transmettront bien mon message sans le modifier à moins qu'elles n'insistent pour qu'ils obéissent à leur père !

Il n'avait pas de doute : son regroupement familial allait bien se passer. Juste retour des choses.

La veille de la fête, il demanda à son neveu, le berger sourd-muet, d'aller à la sortie du village attendre l'arrivée des enfants et de leur montrer le chemin. Pendant ce temps-là, il s'installa à l'ombre, près de la porte de la grande maison, et attendit. Il s'était muni d'un chapelet qu'il égrenait machinalement pour apprendre la patience. Peu à peu il devint calme, tranquille, apaisé malgré une pointe d'inquiétude. Sa femme était restée dans leur ancienne maison et dormait. Il se sentit un peu seul, peut-être pas abandonné mais légèrement incompris. Pourquoi n'est-elle pas là, à mes côtés, pourquoi préfère-t-elle dormir au moment où les enfants vont arriver ? Elle doit être fatiguée, elle doit avoir ses raisons. Peut-être que demain elle sera très heureuse de voir tous nos enfants réunis dans cette belle maison et elle me remerciera. Chez nous on ne dit pas merci, mais on montre notre satisfaction par un geste, un sourire. Tiens, je ne me souviens pas d'avoir ri avec ma femme. Jamais de grands éclats de rire comme chez certains. Pas de familiarité. On ne se parle pas beaucoup. Je ne me souviens pas non plus d'avoir eu de longues discussions avec elle. Je crois que nous sommes d'accord sur tout. Nous n'avons jamais eu de disputes. Normal, nous sommes mariés. C'est ça le mariage : la femme est d'accord avec son époux. En tout cas c'est ainsi chez nous. Mais là, ce soir, je ne comprends pas pourquoi elle n'est pas à mes côtés. La maison ne lui plaît pas ? Elle ne m'a rien dit. J'imagine qu'elle la trouve trop grande. Elle a peut-être raison, mais une maison de famille doit être grande. Je sais, elle ne ressemble à aucune autre maison dans tout le village. Ma femme a peur du mauvais œil, et la maison est visible de partout. Elle doit être fatiguée ou bien elle prie pour que Dieu mette nos enfants sur le chemin de la maison. Je la connais, elle ne pense pas à mal mais elle doit être en train de faire ce qu'il faut pour que notre projet réussisse : brûler de l'encens, verser du lait dans les coins de chaque chambre, jeter du sel à l'entrée, accrocher un talisman sur l'unique arbre du village, tourner sept fois autour d'un coq égorgé, engager plusieurs sorciers bienveillants pour nous protéger du malheur, de l'envie, de la jalousie, des difficultés créées par nos ennemis… Moi je n'ai pas d'ennemis, je n'en connais pas, ce sont des ombres qui passent et laissent derrière elles un parfum nauséabond, je n'ai rien fait pour avoir des ennemis, je suis si modeste, si simple que l'envie des autres m'ignore, je suis trop petit pour qu'elle s'intéresse à moi… Ma femme est d'un autre avis, elle a toujours eu recours à ces pratiques qui ne me dérangent pas, mais enfin, il faut se méfier, on ne sait jamais… Ah ! le mauvais œil ! Il paraît que même le Prophète l'a reconnu ; l'œil qui regarde avec envie ou avec haine peut-il faire tomber quelqu'un ? Ce n'est pas possible, enfin, j'y crois et je ne veux pas trop y croire. Un jour un type de la mosquée m'a regardé fixement et m'a dit : toi, tu es poursuivi. J'ai regardé derrière moi, il n'y avait personne ; il s'est mis à rire pour se moquer de moi ; mais non, tu es poursuivi par un œil, un mauvais œil gros comme ça, ça se voit, tu es jalousé, quelqu'un veut te faire du mal ; tiens, prends ces feuilles d'une plante, tu les mets dans la théière et tu bois leur jus, ça fera éloigner le mauvais œil. Si tu veux, passe me voir, j'ai même une herbe contre la peur, oui, ça existe, et pour une fois ce sont des étrangers qui l'ont découverte, on m'a dit des gens d'Italie…

Personne ne vint. Pas de bruit de voiture, pas de nuage de poussière, rien. Il régnait un silence qui n'était pas naturel. Pas le moindre oiseau ni insecte ne traversait l'air. Rien ne bougeait. Tout devint figé. On aurait dit que, par une intervention supérieure, tout le monde s'était tu. Son silence intérieur enveloppait celui du monde. Il était là mais le cœur rempli d'attente et de questions. Seule une prière murmurée comme une dernière volonté. La maison penchait et son ombre la rendait encore plus imposante, presque menaçante. Le ciel était éclairé, les étoiles scintillaient et donnaient à Mohamed une sorte de vertige, l'impression d'être en voyage, suspendu entre ciel et terre. Quand il les regardait, il apercevait des personnages, des routes, des tracées blanches. Il fixait la lune et n'y voyait aucun de ses enfants. Une rumeur dit qu'on peut y voir l'être aimé. Lui n'y décelait aucun signe familier. La lune était opaque. Il somnolait, se laissait aller à s'absenter un peu. Impossible de s'endormir. Il était aux aguets, l'œil sur l'horizon, le cœur serré et la tête lourde. Il ne sentait plus ses jambes, il n'y faisait plus attention. Attendre était pour lui une épreuve pénible mais mêlée d'espoir. Il avait rarement attendu quelqu'un ; cela lui rappelait l'attente dans les couloirs de l'administration marocaine et aussi française, dans les couloirs de l'hôpital où sa femme accouchait. Il ne faisait pas les cent pas mais s'installait sur un banc et n'en bougeait plus. Une fois, une infirmière lui demanda s'il voulait assister à l'accouchement. Non, ça ne se fait pas madame !

Il était là et durant quelques secondes oubliait ce qu'il faisait. Il avait la bonté d'un homme qui ne connaissait pas le mensonge. Même pour plaisanter, pour faire rire ses enfants, il n'avait jamais menti. Il était bon et ne s'occupait pas des dires des uns et des autres. Un homme bon, avec une faiblesse se lisant sur le visage. Un jour, une de ses filles le lui avait dit : ça se voit que tu es un faible ! C'était juste une remarque, pas une insulte, un enfant ne manque pas de respect à son père, c'est ainsi. Il s'était demandé pourquoi, dans l'esprit des enfants d'aujourd'hui, la bonté était signe de faiblesse. Fallait-il être dur, autoritaire et injuste pour être fort, pour être respecté, admiré ?

Attendre la fin de la nuit, comme si tout devait devenir simple le matin. Attendre l'aube, la pâleur du ciel, la fatigue du ciel, et se résoudre à faire la première prière du jour. Attendre que les yeux se ferment sur la dernière lumière. Attendre et ne rien dire. Ne pas s'impatienter, ne pas protester, s'isoler dans le silence, dans cette attente dont il ne voyait pas la fin. Passer la nuit comme on passe un barrage de police, comme on passe une épreuve. Aller au bout de la nuit, traverser des lacs gelés, escalader des montagnes, passer d'un arbre à un autre, éviter les grosses pierres, les animaux sauvages, les méchantes personnes, éviter des interrogatoires et surtout ne pas regretter, ne pas ressentir de fatigue. Faire de la nuit une amie, une compagne, s'y laisser couvrir de sa poussière et de ses lassitudes.

La femme était blanche enveloppée dans un voile blanc. Elle s'approcha de Mohamed en tendant la main droite lui faisant signe de se lever et de la suivre. Il ouvrit grand les yeux, ne se posa pas de question et se laissa aller à cette étrange invitation. La femme était légère, marchait sur la pointe des pieds comme font les danseuses. Elle avait dans ses mains froides celles de Mohamed, épaisses et dures, et le tirait vers elle comme si elle craignait de le perdre en route. Il la suivait, souriant, peut-être heureux. Lui aussi était devenu léger. Il savait que c'était un rêve et il se disait : pourvu qu'il ne s'arrête pas, puis eut honte. En fait c'était un rêve dans un autre rêve. Il avait pensé à un ange qui lui ramènerait ses enfants. Au bout de peu de temps, ils se retrouvèrent dans une oasis où il n'y avait apparemment personne. Là, tout était bleu : le ciel, la terre, l'eau, les palmiers, les fruits, les tapis… Il la regardait en scrutant ce visage qui ne lui était pas inconnu ; cette femme avait la grâce, l'agilité, l'élégance de sa femme quand ils s'étaient mariés ; elle avait aussi le visage d'une de ses filles mais, quand il s'approchait d'elle, tout changeait et il retrouvait un visage qu'il n'avait jamais vu auparavant. Doucement, elle lui retira ses habits, le pria d'entrer dans une baignoire, le lava, lui frotta le dos, mit de l'eau de rose dans le bain, en le séchant, elle lui caressa le dos, les bras, les mains qu'elle embrassa avec délicatesse. Elle lui donna une djellaba en lin blanche, l'installa dans un grand sofa et se mit à côté de lui pour lui donner à manger des fruits. Il but du lait d'amandes, se sentit apaisé et s'endormit sous les caresses de la belle étrangère. Le rêve dans le rêve s'en alla avec la nuit.

# 17

Le matin il fut réveillé par les pleurs du berger qui devait se dire qu'on n'avait pas le droit d'abandonner ses parents et encore moins de ne pas répondre à leur invitation. Il pensait que la France était une mangeuse d'enfants et se dit que, tout compte fait, il avait de la chance de n'avoir jamais quitté le pays. Il pleurait seul contre l'épaule de Mohamed. À force de pleurer, il sentit que Mohamed allait être gagné par une immense tristesse. Il regardait la maison qui lui apparaissait comme une montagne, un amas de pierres inutiles. Il n'avait jamais vu une habitation aussi grande, même en ville. Il se dit qu'elle était aussi grande que le cœur de Mohamed puis s'en alla en essuyant ses larmes.

Mohamed, quant à lui, ne désespérait pas de voir ses enfants débarquer en pleine nuit. Il n'avait pas bougé malgré les appels de sa femme qui était revenue auprès de lui. Il était là, assis dans le vieux fauteuil en cuir acheté au marché aux puces de Marrakech, immobile, éternel, devant une immense maison vide, au milieu d'un paysage désertique, balayé par un vent sournois, entouré d'un silence pesant. Au milieu de la nuit sa femme essaya de le convaincre de rentrer, il ne voulait rien entendre. Elle lui mit sur les épaules une couverture de laine tissée par les femmes du village, posa près de lui un pain, des olives et une bouteille d'eau. Il ne disait rien, son visage s'était figé, ses traits allongés, son humeur était insondable. Elle pensa qu'il se fatiguerait et qu'il finirait par rentrer à la maison. L'air était frais, la nuit douce et il n'y avait personne sur la piste principale. Il s'était assoupi et fit des rêves où il aperçut l'ombre noire tenir la main de l'ombre blanche, celle du lecteur du Coran, très grand et mince. Elles dansaient autour d'une tombe, la sienne. Il se vit dans ce trou, enterré alors qu'il respirait encore, il s'agitait, tentait de se libérer du linceul mais en vain. Il reçut de la terre sur le visage puis de grandes pierres dont on colmatait les trous avec du ciment. L'opération se déroula très vite. Silence, puis son cœur s'arrêta. Il se réveilla en sursaut et but une gorgée d'eau. La nuit était immense. Noire et profonde. Il aurait voulu se lever pour pisser mais quelque chose ou quelqu'un l'en empêchait. Pas envie d'appeler sa femme. Alors il pissa dans son pantalon. Il eut honte, essaya de nouveau de se relever mais il sentit qu'il était cloué dans ce maudit fauteuil qui appartenait à une vieille famille coloniale. Certains ressorts avaient percé le cuir et lui faisaient mal. Ses gestes devinrent très lents, ses membres lourds, sa respiration avait des ratés. Il sentit le poids des pierres et du ciment sur ses épaules. Il se souvint que c'est à ce moment-là que deux anges sont envoyés par Dieu pour recueillir les dernières paroles du mort. Il les attendit et décida de tout leur dire, tout déballer, insister sur le fait que quelque chose l'avait tué, que sa mort n'était pas naturelle, que quelqu'un l'avait poussé dans le trou, et lui aurait donné un coup de pied en se moquant de lui et de sa maison. Mais les anges ne vinrent pas. Il était mortifié, pourquoi serait-il le seul musulman à être privé de la visite des anges ? À moins que tout cela ne veuille rien dire, qu'on l'ait trompé, qu'on l'ait berné. Ses bras étaient rigides et ne bougeaient plus. Sa tête aussi. De nouveau il sentit le liquide chaud de l'urine couler le long de ses jambes. Il n'arrivait plus à l'arrêter. C'était comme une fontaine d'eau tiède. Il n'avait même plus honte. À quoi bon se lever, faire sa toilette, se raser, se parfumer et s'habiller en blanc ? Personne ne viendrait. Personne ne se souviendrait de lui.

Un homme qu'on abandonne finit par sentir mauvais. Mohamed puait, pas uniquement à cause de l'urine de la nuit, il puait de partout, dégageait une odeur de beurre rance. Tout son corps était lourd. Il réussit à lever le bras et sentit qu'il pouvait se mouvoir. Il n'était plus condamné à l'immobilité et surtout à faire ses besoins dans son froc. Il appela sa femme qui accourut, l'aida à se relever et l'accompagna chez le coiffeur du village, puis le confia à un de ses frères pour qu'il l'emmène au hammam ; il se lava de cette nuit horrible, une de ces nuits à conter à son fossoyeur. Ils étaient seuls dans la pénombre, ne se parlaient pas ; il frottait sa peau pour se débarrasser de cet épisode qui avait un goût de cendre. Il crut voir passer l'ombre noire puis se rassura en faisant appel à Dieu. Il se dit : si j'étais en France je serais dans un hôpital, des médecins et des spécialistes se pencheraient sur mon dossier et me donneraient des médicaments pour dormir sans faire de cauchemars, peut-être même ils feraient venir ma famille pour être à mon chevet. La France est un pays formidable parce qu'elle s'occupe bien de ses malades. Ici, il vaut mieux ne pas mettre les pieds dans les hôpitaux, c'est un conseil d'ami ! Je préfère le hammam à l'hôpital.

Il sortit de là comme s'il était un autre homme. Il n'était plus impatient ni nerveux. Il renoua avec le temps, le laissant faire, et surtout n'abandonna point son idée fixe. Il passa la journée dans la mosquée où il retrouva de vieilles connaissances, des gens qui n'avaient jamais quitté le village et croyaient que le monde s'arrêtait au bout de la piste. Ils priaient machinalement, balbutiaient des choses que seul Dieu pouvait comprendre. Mohamed n'était pas étonné et se disait qu'il aurait pu devenir comme eux. Le soir il s'installa de nouveau dans le fauteuil colonial que sa femme avait pris soin de nettoyer. Il s'y sentait bien malgré les ressorts qui le gênaient. Sa femme lui apporta à manger et lui remit un petit transistor pour écouter de la musique. Une station émettait une musique brutale pour jeunes. Il l'éteignit et se souvint de la flûte qu'il utilisait quand il était berger. Il sourit. Ce temps-là était loin. Pourtant il crut entendre une flûte dont le son venait de l'autre côté de la colline. Il avait donné de l'argent au berger pour aller en ville acheter une paire de jumelles qui se trouvait chez le type qui lui avait vendu le fauteuil. Il les posa sur ses genoux, se cala bien au fond du fauteuil et attendit le moindre bruit ou mouvement pour pouvoir les utiliser. La nuit, il ne voyait rien. Mais cela le rassurait de les avoir là. Il ferma les yeux, les mains posées sur les jumelles. Son sommeil était agité. La lune était presque pleine. Il fit un rêve qu'il connaissait bien pour l'avoir fait plusieurs fois : il est au milieu d'un immense espace blanc, seul, ne pouvant bouger. Il aperçoit au loin des ombres s'avancer mais qui n'arrivaient jamais jusqu'à lui. Un âne mort s'est posé sur ses épaules, l'obligeant à une immobilité rageante. Ce poids sur son corps, cette impression d'être empêché par une force extérieure lui font peur. Il essaie d'appeler au secours mais aucun son ne sort de sa bouche. On appelle ce cauchemar « l'âne de la nuit ». Il se dit : de jour les ânes sont si gentils ! Il n'avait plus aucun souvenir de la femme blanche et de son oasis. Pour y accéder il faut traverser un rêve qui verse dans un autre rêve. Mais son imagination s'était appauvrie et ses rêves devenaient des schémas de ce qu'il espérait le jour et la nuit.

Au lever du soleil il voulut se lever pour faire la prière de l'aube mais encore une fois il était comme immobilisé. Il n'insista pas, fit sa prière avec les yeux comme s'il était cloué au lit par une grave maladie. Je suis malade, oui, mais de quoi ? Cette maladie n'a pas de nom, elle arrive sans prévenir et vous assaille de partout. Ici personne n'est capable de la détecter et de la nommer. Si j'avais la force et surtout si je n'avais pas donné rendez-vous à mes enfants je serais bien allé consulter à la Piti, l'hôpital collé à la gare d'Austerlitz, oui, là-bas, ils sauront ce que j'ai, j'en suis sûr, mais là, je ne peux pas manquer le rendez-vous avec mes enfants, ils doivent être en route, ce sont eux que je vois dans le rêve de l'âne de la nuit, je les vois, je crois même que je les entends, mais ils n'arrivent jamais ; c'est curieux, ils doivent être bloqués à la frontière par un de ces douaniers corrompus qui leur font des insinuations qu'ils ne comprennent pas ; comment voulez-vous que mes enfants traduisent *dwar ma'ana*, « tournez avec nous », « graissez la patte » ! Ils ne connaissent pas ces formules que j'ai tellement entendues dans ma vie. Avec quelques billets ils seraient déjà là. Mais mes enfants n'ont pas été élevés dans ces magouilles.

Avec les premières lueurs du soleil, il se rendit compte qu'il sentait de nouveau mauvais. Il se dit : ça pue un homme qu'on laisse seul ! Une plaie invisible, difficile à localiser, le faisait souffrir. Il n'avait pas mal au cœur mais au foie, pourtant il n'avait rien mangé. À force de fixer l'horizon, sa vision devint trouble. Le fauteuil s'était lentement enfoncé dans le sol, il ne s'en rendit compte qu'au moment où il essaya de le déplacer pour changer de position Sans que personne intervienne, le vieux fauteuil était encastré dans la terre, comme un arbre planté là depuis des décennies, comme un pieu solidement ancré dans la terre. Comme une vieille barque échouée sur une plage abandonnée, comme une vieille chose qui ne servait plus à rien. Le fauteuil s'enfonçait chaque jour davantage, lentement. Le cuir avait beaucoup vieilli, il était déchiré, les ressorts s'étaient transformés en lames tranchantes, dès qu'il bougeait, il se blessait. Du sang mêlé à l'urine et aux larmes. Mohamed pleurait comme un enfant et n'arrivait pas à s'arrêter. Sa femme ne savait quoi faire. Elle partit à Marrakech téléphoner à ses enfants.

# 18

Suffocante était l'odeur qui se dégageait de Mohamed. Refusait-il de quitter son fauteuil ou bien quelque chose ou quelqu'un l'en empêchait-il ? Les mouches lui tournaient autour en produisant un bruit étrange. Elles étaient grosses, certaines fonçaient sur lui comme une proie laissée là pour la curée. Des guêpes faisaient partie de l'attaque. Mohamed ne bougeait pas. Tous les membres de sa tribu défilèrent pour le supplier de changer d'attitude, de quitter ce maudit fauteuil, de se laver et d'attendre à la maison. Entêté et déterminé, il refusait de se nourrir et de parler. Des chats faméliques, des chiens perdus, un chacal tournaient autour de la maison. On vit même des mendiants venus d'un autre village rôder tout autour. Des oiseaux noirs, des rapaces volaient au-dessus du toit. Les villageois prirent peur, s'en allèrent en réclamant à Dieu délivrance et miséricorde. Le plus sage d'entre eux récita les six versets de la sourate « Les hommes » : « Dis : je mets ma confiance dans le Seigneur des hommes, Roi des hommes ; Dieu des hommes ; afin qu'il me délivre des séductions de Satan. Qui souffle le mal dans les cœurs, et qu'il me défende contre les entreprises des génies et des méchants. » Il revint plus tard et récita les derniers versets de la neuvième sourate « La conversion » : « Du milieu de vous s'est levé un messager distingué. Il lui coûte de vous voir peiner, il veille jalousement à votre sauvegarde et est plein de compassion et de miséricorde pour les croyants. S'ils refusent de croire la doctrine que tu leur enseignes, dis-leur : Dieu me suffit. Il n'y a point d'autre Dieu que lui. C'est à lui que je m'en suis remis et il est le seigneur et maître du trône sublime. »

Ces prières eurent pour effet d'apaiser Mohamed. Son visage devint serein et ses rides s'effacèrent une à une. Ce fut peut-être à ce moment précis qu'il descendit au fond de son âme, il fit cette chute lui permettant de s'élever et de rencontrer la paix absolue.

Un cousin réussit même à réunir la tribu qui pria pour l'âme de Mohamed maltraitée par l'exil et la France : Mohamed est un homme perdu, il souffre, la France lui a pris ses enfants, la France lui a donné du travail puis elle lui a tout pris ; je dis ça pour tous ceux qui rêvent de partir travailler à l'étranger ; là-bas, nos valeurs ne valent rien, là-bas, notre langue ne vaut rien, là-bas, nos traditions ne sont pas respectées, regardez le pauvre Mohamed, c'était un sage, un bon musulman, et le voilà aujourd'hui, misérable, abandonné, à la limite de la folie. Il est déjà gagné par la folie, nous allons faire quelques prières pour que Dieu vienne à son secours, nous allons entamer la prière de la délivrance…

Le chant des prières lui parvenait mais il était déjà

loin, loin de la maison, du village et du monde. Sa femme était repartie en France convaincre les enfants de lui rendre visite. Elle répétait mentalement : « Nous sommes à Dieu ; rien ne nous appartient ; nous appartenons à Dieu ; nous n'avons pas le choix ; c'est lui qui a tracé notre route et c'est à lui que nous retournons ; nous ne faisons que passer. »

Au bout de trente jours, il avait tellement maigri qu'il était devenu méconnaissable. Il puait de plus en plus. Personne ne s'approchait de lui. Le fauteuil était pratiquement sous terre. Le corps de Mohamed aussi. Seules la tête et une partie des épaules dépassaient. Personne, pourtant, ne s'était approché pour déplacer le fauteuil et l'enfoncer dans la terre. Cela s'était passé naturellement, lentement, jour après jour. Mohamed sentait cette lente descente sans réagir. Peut-être qu'il l'avait tant désirée et qu'il laissait son corps s'incruster dans les ressorts tout en pesant de son poids pour accélérer la chute. Il avait envie d'en finir, de partir sans pour autant désobéir à Dieu, sans le défier en se donnant la mort. Il était un bon musulman refusant le suicide. Il se laissait aller vers la fin, ne faisait aucun effort pour émerger et reprendre goût à la vie. Mais sa vie était finie, son sens était captif de l'égoïsme ou de l'inconscience de ses enfants. Ses yeux s'étaient fermés. Il ne voulait plus voir le spectacle du monde. Il avait éteint les lumières et fermé ses yeux et son cœur. Il s'était livré à son âme qu'il avait chargée de le mener vers le silence sublime. Il avait renoncé à l'exemple du mystique qui abandonnait l'enveloppe du corps pour partir dans le cœur de l'âme. Il avait déposé sa vie et n'attendait plus. Les mouches venaient y puiser de quoi se nourrir. Il n'attendait plus ses enfants mais la délivrance, la mort qu'il réclamait silencieusement à la clémence du ciel. Sa femme était revenue avec Nabile ; ses autres enfants ne voulaient pas la croire ni interrompre leur travail pour aller calmer un homme pris de délire. Nabile, fou de chagrin, se mit à parler distinctement et exigeait de celui qu'il considérait comme son père qu'il se lève et qu'il lui donne la main pour se rendre au hammam ensemble. Il tournait autour du fauteuil dont on ne voyait que les bras très usés et attendait que Mohamed se réveille d'un long sommeil. Il prit un seau d'eau tiède et lui lava la tête. Mais Mohamed dont la respiration était de plus en plus lente était en train de s'en aller. Il ne prononça pas un mot, esquissa un sourire puis sombra dans un long sommeil. Il ne réclamait rien au ciel ni au nuage passant. Tout devint limpide et simple : ce pour quoi, ou ceux pour qui, il mourait étaient tombés dans le puits de son enfance ; il ne les voyait plus, ne distinguait plus leurs visages, n'entendait plus le son de leur voix. Au quarantième jour la terre avait englouti la tête. Quelqu'un cria : parti ! Mohamed est parti chez Dieu ! Le village a son saint ! Nous avons notre saint ! Dieu ne nous a pas oubliés ! La maison n'a pas été construite pour rien, elle sera son tombeau, son marabout ! Dieu est Grand ! Dieu est Grand ! Une vieille femme, assise sur une pierre, lui répondit : c'est ça, on n'a pas d'eau, on n'a pas de blé, on n'a pas de courant, mais on a un saint ! Belle récompense ! Je vous laisse, moi je m'en vais chercher de l'ombre et de l'eau. S'il y a un marabout sur lequel je prierai, ce sera une fontaine, une source d'eau, ça c'est la vie ! Tu es folle ! On te connaît, on t'a vue fumer et même boire du raisin fermenté ; alors toi, t'as pas droit à la parole ; et tu as intérêt à te plier devant notre saint, celui qui est parti loin pour revenir par la grâce de Dieu.

Plus aucune mauvaise odeur ne sortait de cette tombe que son corps avait creusée durant des mois. La question se posa de savoir comment faire sa toilette, comment l'extirper de ce trou, l'envelopper dans un linceul. En creusant les fossoyeurs eurent un choc : Mohamed était dans un linceul blanc parfumé d'encens et sentait le parfum du paradis. Sa toilette avait été parfaitement faite. Ils reculèrent, prirent leurs pioches sur l'épaule et s'en allèrent.

La tombe de Mohamed était là, devant la porte de la maison. Le lendemain matin on découvrit qu'elle avait été peinte avec de la chaux et qu'on y avait planté une stèle sur laquelle ont été gravés ces mots : « Au nom de Dieu Clément et Miséricordieux ; ci-gît un homme croyant et fidèle ; il ne souffre plus ; Que la Clémence et la Miséricorde de Dieu soient sur lui ; Nous appartenons à Dieu et à Dieu nous revenons. »

Personne ne sut qui s'était occupé de cette tombe. Les habitants venaient prier, certains déposaient des offrandes au seuil de la porte de la grande maison. Les guêpes et les mouches s'éloignèrent. Les chats et chiens aussi. Une odeur de parfum du paradis se dégageait de la tombe. En quelques jours elle fut couverte d'herbe très verte. Quelques fleurs sauvages avaient poussé. Un inconnu a planté un arbre rapporté de loin. Il y avait de l'ombre, de la fraîcheur, de la paix. Ainsi disparut Mohamed Limmigri, l'homme que la retraite avait tué.

*Paris - Tanger*
*Avril 2005 - juillet 2008*

## DU MÊME AUTEUR

*Aux Éditions Gallimard*

PARTIR, 2006 (Folio n° 4525)

GIACOMETTI. LA RUE D'UN SEUL suivi de VISITE FANTÔME DE L'ATELIER, 2006

LE DISCOURS DU CHAMEAU suivi de JÉNINE ET AUTRES POÈMES, 2007 (Poésie/Gallimard n° 427)

SUR MA MÈRE, 2008 (Folio n° 4923)

AU PAYS, 2009 (Folio n° 5145)

MARABOUTS, MAROC, 2009 avec des photographies d'Antonio Cores, Beatriz del Rio et des dessins de Claudio Bravo.

LETTRE À DELACROIX, 2010 (Folio n° 5086) précédemment paru en 2005 dans *Delacroix au Maroc* aux Éditions F.M.R.

JEAN GENET, MENTEUR SUBLIME, 2010

BECKETT ET GENET, UN THÉ À TANGER, 2010

*Aux Éditions Denoël*

HARROUDA, 1973 (Folio n° 1981 ; avec des illustrations de Baudoin, Bibliothèque Futuropolis, 1991)

LA RÉCLUSION SOLITAIRE, 1976 (Points-Seuil)

*Aux Éditions du Seuil*

LA PLUS HAUTE DES SOLITUDES, 1977 (Points-Seuil)

MOHA LE FOU, MOHA LE SAGE, 1978 (Points-Seuil). Prix des Bibliothécaires de France, prix Radio-Monte-Carlo, 1979

LA PRIÈRE DE L'ABSENT, 1981 (Points-Seuil)

L'ÉCRIVAIN PUBLIC, 1983 (Points-Seuil)

HOSPITALITÉ FRANÇAISE, 1984, nouvelle édition en 1997 (Points-Seuil)

L'ENFANT DE SABLE, 1985 (Points-Seuil)

LA NUIT SACRÉE, 1987 (Points-Seuil). Prix Goncourt

JOUR DE SILENCE À TANGER, 1990 (Points-Seuil)

LES YEUX BAISSÉS, 1991 (Points-Seuil)

LA REMONTÉE DES CENDRES, suivi de NON IDENTIFIÉS, édition bilingue, version arabe de Kadhim Jihad, 1991 (Points-Seuil)

L'ANGE AVEUGLE, 1992 (Points-Seuil)

L'HOMME ROMPU, 1994 (Points-Seuil)

ÉLOGE DE L'AMITIÉ, Arléa, 1994 ; réédition sous le titre ÉLOGE DE L'AMITIÉ, OMBRES DE LA TRAHISON (Points-Seuil)

POÉSIE COMPLÈTE, 1995

LE PREMIER AMOUR EST TOUJOURS LE DERNIER, 1995 (Points-Seuil)

LA NUIT DE L'ERREUR, 1997 (Points-Seuil)

LE RACISME EXPLIQUÉ À MA FILLE, 1998 ; nouvelle édition, 2009

L'AUBERGE DES PAUVRES, 1999 (Points-Seuil)

CETTE AVEUGLANTE ABSENCE DE LUMIÈRE, 2001 (Points-Seuil). Prix Impac 2004

L'ISLAM EXPLIQUÉ AUX ENFANTS, 2002

AMOURS SORCIÈRES, 2003 (Points-Seuil)

LE DERNIER AMI, 2004 (Points-Seuil)

LES PIERRES DU TEMPS ET AUTRES POÈMES, 2007 (Points-Seuil)

*Chez d'autres éditeurs*

LES AMANDIERS SONT MORTS DE LEURS BLESSURES, Maspero, 1976 (Points- Seuil). Prix de l'Amitié franco-arabe, 1976

LA MÉMOIRE FUTURE, Anthologie de la nouvelle poésie du Maroc, Maspero, 1976

À L'INSU DU SOUVENIR, Maspero, 1980

LA FIANCÉE DE L'EAU suivi de ENTRETIENS AVEC M. SAÏD HAMMADI, OUVRIER ALGÉRIEN, Actes Sud, 1984

ALBERTO GIACOMETTI, Flohic, 1991

LA SOUDURE FRATERNELLE, Arléa, 1994

LES RAISINS DE LA GALÈRE, Fayard, 1996

LABYRINTHE DES SENTIMENTS, Stock, 1999 (Points-Seuil)

*Composition Dominique Guillaumin.*
*Impression CPI Bussière*
*à Saint-Amand (Cher), le 3 mai 2011.*
*Dépôt légal : mai 2011.*
*1er dépôt légal dans la collection : octobre 2010.*
*Numéro d'imprimeur : 111545/1.*
ISBN 978-2-07-043794-8./Imprimé en France.

185236